JN120067

慈愛の風

Jiai no Kaze

—

MIYAHARA
Kazumi

宮原和美

文芸社

目次

義妹　みち子

我が家は寺院で親子三代が画家であり、第十六代から十八代の住職でもある。また、義父は小学校、夫は中学校、娘は高校の教員だった。娘の澪は、幼少の頃から祖父が絵を描く様子を、時には膝の上で見て育った。そのせいか澪は、物心つく頃から「おじいちゃんのような絵描きになる」と言っていた。

澪が小学五年生の頃、大法要に向けて義父と夫は、本堂の内陣（本尊を安置する所）の壁と天井、外陣（一般の人がお参りする所）の壁に絵や文様を描いていた。足場を組み、長期にわたる制作だった。完成を前に澪は、祖父に尋ねた。

「おじいちゃん、どうして白い壁がまだいっぱい残っとるがに、完成ながか？」

「澪、お前が大きくなって絵描きになったら、描いて仕上げるために残してあるがや。お寺は沢山あるけど、親子三代で壁画を描いて、完成させた寺は滅多にないぞ」

「そっか！　わかったよ、おじいちゃん。私が描くから任しとかれ。約束するちゃ。ちゃんと見とってね」

微笑ましい義父と娘の会話を私は遠くから聞いていた。

その後、澪は美大を卒業し高校に勤務していたが、幼少からの夢を実現させるため、画家の道を選んだ。そして、早期退職した年に先ず、祖父と約束した壁画に取り掛かった。澪は、婿から誕生日に贈られた一畳程の可動式足場を駆使して、漆喰の補修から始めた。毎日、朝法務を終えると、足場に登って制作に明け暮れていた。夏の暑い最中、薄暗い中で上を向いての作業は、尋常ではない疲労であったろう。凄まじい勢いで描き進めていく娘を見て、どこにそのようなエネルギーがあったのだろうか、と驚かされた。

本堂外陣の正面入り口側には、蓮の一生を陰陽五行説に基づき、季節と方位を関連させて表現してある。両側面は、上中下の三段あり、仏説阿弥陀経というお経に説かれている、極楽浄土の世界をイメージしてある。上段には美しい音色を奏でる雅楽奏、中段には天人が舞い、下段にはお浄土に住む鳥たちが、明るい色調で丁寧に描写されている。

内陣も両側面三段ある。上段には雲、中段は散華して舞う天女、下段には植物が表現されている。広い壁面の大半は、三代目がその描画を果たした。正面と背面は、装飾文様や雲で美しく彩られている。天井は格天井（ごうてんじょう）で、その一枚一枚には、本山の御紋と当寺の紋が描かれている。娘は、義父と夫が描いたイメージを崩さないように、色調や構図を似せて、違和感がないよう配慮して描いた。

秋には、外陣と内陣の壁画が四十年の歳月を経て完成。義父から夫、娘へと親子三代でバトンを繋いで描き上げた。きっと義父と夫もお浄土で喜んでいるに違いない。義父の三十七回忌と、夫の二十三回忌も無事済ませることができ、ホッとした。

澪は、寺の行事はもとより、夏休みには子どもたちの絵の宿題を見る傍ら、何人かの子どもたちに教え、大人の絵画教室の生徒さんたちも引き続き見ている。毎日それなりに忙しがっている。

寺にとっては、大切な報恩講がお勤まりになる季節になった。今ではもう廃れてしまったが、各家々で報恩講をお勤めになる時、勤める家の主人は、紋付袴で迎えられたものだ。そして、報恩講を勤めることの無事と、感謝の気持ちで実に晴れがましく、堂々として一日を過ごされていた。寺へは少し改まった格好で参詣されたものだ。今時のように、普段着も余所行きもないのとは違い、それが、他家を訪問するということの礼儀でもあった。いつの頃からだろう、このように都合良く自分流を貫くようになったのは。とはいえ、未だに他家を訪問する時、ましてや寺へ参詣する時には、着替えていらっしゃる方もある。それもこれも時代の流れだ、と一言で片付けるには忍びない。

＊

寺と庫裏（くり）は、永年居住している家である。それらに関する古い習慣も歴史の滓のようにあり、無くなってしまえばいい、と思うことも沢山ある。十八代まで続くとなれば地域の人々と大いに関わり、育まれてきた面も多々ある。煩わしいと思える仕来りや隣近所の付き合いも、長年の口伝（くでん）に負う所も大きい。寺は、まだまだ古い仕来りに右往左往している。

私は年相応に動き回っている。娘に全てを譲ったとはいえ、月のうち何日かは、お年寄りの家庭へお参りに行くことにしている。お経が終わった後、淹れてくださるお茶を飲みながら世間話をしたり、身体に不都合がないか尋ねたり、会話をしてお暇する。

＊

朝になったのも知らずに寝ていると、義妹のみち子が階段をやっと上ってきて、

「お姉ちゃん、朝だよ。起きられんか」

と、たどたどしい声で何度か私を呼んだ。

義妹のみち子は、脳性小児麻痺である。歩行は困難であるし、言語もよく聞き取れない。

そのみち子が私を起こしに来たのだ。咄嗟に義父母たちはなんと思っただろう、とそちらの方が気になった。

「えっ、今何時？」

と聞くと、

「八時を過ぎてるよ。兄ちゃんは、とうに学校へ行ってしもた」

慌てて階下へ行くと、みんな一斉に、

「おはよう」

と言い、私は蚊の鳴くような声で、

「おはようございます」

と答えた。義母は、

「佳子さん、疲れたんだろうけど、明日からはちゃんと起きられよ。そうせんと近所に示しがつかんから」

義父は、

「そう慌てんでも、おいおいに。まだここへ来て一ヶ月そこそこや」

と言ってくれたが、義母は聞かなかった。義父は何かにつけ、私を庇ってくれたが、義母は悉(ことごと)くはねつけた。

「この家の者になった以上、朝は五時半に起きるくらい、わかっとろうがいね。昨日、一昨日来た訳じゃなし。いつまで来がけの嫁のつもりでおるがいね」

「はい、わかりました。すみません」

そう言って冷蔵庫を開けると、中はスカスカで、これが常時続くのかと想像するだけで不安になった。

当時は近くに店もなく、三日に一度、隣村の八百屋が軽トラックに野菜や肉、魚、干物などあらゆる惣菜を積んで売りに来ていた。それを、めいめい自分の家族の好みに合わせて買う。そして盆、暮れになると長い長い書き出し（請求書）を貰う。毎回現金ではなく、すべて付けで買っていた。

この家は両親が教員、夫も義弟たちも教員だった。義妹のみち子は両親の教育が良かったのか、あるいは天性のものかはわからないけれど、人を疑うことを知らない。人に親切でいつもニコニコしている。私にもお姉ちゃん、お姉ちゃんと言って、一緒にいたがる。私が食事の支度をする横のテーブルの前に座っている。あまりにも屈託がないので、義母の差し金で私の行動を監視しているのかと思ったほどである。しかし、義妹を知るにつれてそういう自分を恥じた。

朝食はともかく、始終一緒というのも時には鬱陶しい。でも、みち子は私の保護者のように、隣近所の付き合い方をいろいろ教えてくれた。

食事の支度をするようになって、あまりに食材が乏し過ぎるので、外出したついでに何がしかのものを買ってきた。それを食卓に載せると、義母は、

「佳子さん、誰がこんなことをしられと言うたけ。私はまだ主婦の座を、あんたに譲っとらんがだぜ。与えられたもので工夫するのが、台所を預かるもんの務めだろうがいね」

「はい、すみません。余計なことをしました。今度から気をつけます」

義父はその時、

「旨いもんが食べられて、いいじゃないか」

他の義弟妹も、

「そうだよ」

と言ったけれど、義母は頑として聞き入れなかった。以後は義母が準備した食材で工夫した。

主婦である義母は、小柄で、というより小さかった。子どもたちも小さく食も細かった。

ある日のお昼時に、実家へ行った。当然、母はご飯を勧めた。その時、私の食べ方を見ていた母は、

「そんなにお腹空いとるがけ？」

「なーん、家で私が遠慮してるだけ」

と答えると、母はお茶碗一杯にご飯をよそい、お菜の残りから漬物などを盛り沢山出してくれた。

「美味しいよ、腹一杯食べられ！　私はまだ仕事があるから、ちょっと片付けてくるね」

と言って、私を残して庭へ出て行った。多分私を一人にして、ゆっくり食べさせたかっ

たに違いない。程合いをみて母が入って来て、

「家へ帰って、少しは自分のお腹に入れる余地残しとかれね」

バスの時間まで間があったので、いろいろ話しているうち、つい義母の愚痴が出た。途端に母は、

「あんた、そんなに偉いもんかいね」

と逆に私をたしなめて、後は口も聞いてくれない。お腹いっぱいのご飯の味も吹き飛んでしまった。以後私は、絶対に実家では婚家先のことは言うまいと心に誓った。

そうして変わらぬ日々を過ごしているうちに、義弟二人が片付いた。近隣の寺へ婿養子に入ったのだ。後は義父母と義妹、私たち夫婦と澪である。

義母はよく私に縫い物をさせた。だが、義母の気に入ったように縫えないと、さっとほどいた。

「どこが悪いか、わかっとるね」

と言って、

「明日までに、両袖を縫って持って来られ」と、新しい浴衣地を押し付けられた。柄から見てみち子のものだろう。

「はい、わかりました」

　と一応は言ってみたけれど、小声で、

「どうせまたほどいてしまって、やり直しさせるんだから」

　と悪態をつきながら、自室へ持って上がる。自分の部屋だとホッとして、ついつい、うとうとしながら縫い始めた。

　だけれど、うとうとしている所へ、義母が様子を見に来ないとも限らない。そこで、合間合間に物差しをあっちへやったり、こっちに転がしたり、さも使っているように装った。多分義母は気付いていたに違いない。その証拠に、浴衣を縫っておずおずと義母の前に差し出し、

「上手く縫えませんでしたけれど、何とか仕上げました」

　と言ったら、

「ご苦労さん」

　と言ったきり、何も言わなかった。

　当時は、義母の所へ村の嫁入り前の娘さんたちが、裁縫を習いに来ていた。彼女たちにも義母は容赦せず厳しかった。

＊

嫁いでかれこれ二十年ほど経った頃、義父が倒れ、その後亡くなった。

丁度その日、夫と私は隣村の人たちと団体旅行に出掛けていた。尼御前(あまごぜん)のサービスエリアに入った時、お店の人から伝言を聞いて義父が倒れたことを知った。取るものも取り敢えず最寄りの駅まで送ってもらい、列車を乗り継いで家に辿り着いた。

「何故、急に？」

と夫が尋ねたら、義父は二階に上って降りる時に、恐らく四段目ほどで滑ってそのまま意識不明になった、と聞かされた。病院へは義母が付き添っていることを、隣の家の人から聞いた。病院へは行ったけれど、義父は高鼾をかいて眠っていた。

三ヶ月後、義父は亡くなった。あんなに優しいお義父さんだったのに。いつも私の陰日向になり、とても良くしてくださったのに。大声で叱ることもなく、いつも優しく、ニコニコとしてみんなを見ていてくださったのに。一言でも何か言ってくださっていれば、お義父さんの言葉としてずっと記憶しておけたのに、残念でならない。

せめてもの慰めは、義母のお弁当を届けに頻繁に病院へ行った折、逐一病状を知ることができたくらい。

それから月日が経ち、義父の一周忌を済ませた一ヶ月後、義母、義妹、夫、娘と私の五人で近くの温泉へ行った。

部屋はエレベーターのすぐ前のバス、トイレ付きで、みち子が奇声を上げることも飲み込み、すべてを自由にさせた。みち子は、

「お姉ちゃん、いいがけ？」

と何度も尋ねた。

「いいよ。そのために来たんだもの。みち子ちゃんの好きなようにしていいよ」

ねえ、と義母を振り返ったが、義母は返事をする訳でもなく、かと言ってしない訳でもない。ただ黙って頷いた。

その夜、みち子はカラオケのマイクを持って楽しそうだった。歌になっていないのに、それでもマイクを離そうとしなかった。私たちもそれに合わせた。

そして翌日、

「お姉ちゃん、ありがと。楽しかった。初めてだった」

と満足気に礼を言った。

「どういたしまして、みち子ちゃんが楽しんでくれて良かった。来た甲斐があったね」

と、私も満面の笑みで応えた。心からそう思ったのだ。

それから、そぞろ歩きで売店を見て廻った。みち子は綺麗な小物入れを三つ買った。友だち二人と自分の分であろう。いかにも嬉しそうで、ちょっと得意そうでもあった。今迄は母親に買わせていたものを、今回は自分の意志で自分の財布からお金を払った。当たり前のことを、どうしてわかってあげられなかったのだろう。

毎年、市が主催の身体障害者の旅行もあった筈。そしてそれには毎回参加していたのに。みち子にとって、自分のことは自分でするという習慣がなかったため、常に母に依存してきた。仕方がないこととはいえ不憫でしようがなかった。

みち子には仲良しが二人いる。いつも遊びに行く家のえんちゃん。この人は寝たきりで言葉も手足も不自由なので、お母さんが介護しておられる。唯一話せる人だ。そしてよっちゃん、この人は手真似が上手で、ろう学校へ通っている（現在は特別支援学校）。身なりもよく美人である。

「みち子さんらの会話、奥さん聞いとられてわかるがけ？」

三人三様で奇妙な言動もするから、近所の人は不可解らしい。

「私がわかろうと、わかるまいと、あの子らにしたらどうでもいいことよ」

仲良し三人組ですら、自分たちの意思が通じていようといまいと定かではない。なんと言っても、それぞれが重い障害を持っているのだから。それでも集まって、笑い合っていることに意味があるのだから。彼女らが集えるということが、どんなに大切なことか。それは見ていて十分理解できる。互いの元気を見届け、安心して心から笑い合っている。

「へえ、そんなもんかね。よくそれで、毎日飽きもせんと寄れるねえ」

「友だちだからよ。一緒にいるだけで楽し気だからいいじゃない」

何となく興味本位な感じがしたので、素っ気なくかわした。

よくえんちゃんのお母さんが、三人の通訳を買って出て合間合間に口を挟む。そしてその都度、三人三様に目を合わせて頷く。

「楽しいけ？」

と聞くと、えんちゃんのお母さんが、

「わかっとるがかわかっとらんがか知らんけど、楽しいらしいですちゃあ」

と答えてくれる。その言葉を聞けて私はホッとする。

お天気の良い日は、えんちゃんの家の前にゴザを敷いて、よっちゃんとみち子が座り、たまには澪も加わる。澪は生まれた時からみち子と一緒にいるせいか、みち子が言うことを理解していた。例によって、三人がわかったようなわからないような話をし、更にえんちゃんのお母さんと澪が加わることで、一段と笑い声が楽し気に聞こえる。時間にして僅か一時間、こんな純粋な集いがあるだろうか。邪気など一切ない会話。羨ましくてしようがない。帰り際、

「明日も晴れたら来られか」

「ええ、ありがとと。また来っちゃ」

満面の笑みで別れてくる。

明日も晴れたらいいいな。

＊

夫が五十九歳で亡くなった時、私は富山市の病室にいた。

下顎呼吸をし始めた時、看護師さんから、

「残された時間は僅かですよ」

と言われた。

丁度澪が来て、

「パパ！　パパ！」

と叫んだ時、目を見開いて事切れた。その時、澪を待っていたんだ、と私は勝手に思った。余計なことを考える余裕はなかったけれど、自分が夫にとっては他人であることをこの時ほど意識したことはない。

家へ電話すると、義母が全てを整え待っていた。その後の慌ただしさはもう記憶にはない。

夫が亡くなって一週間後、義母は私と澪を呼んだ。

「ここへ座られ」

怪訝に思っていると、

「いつかは言おうと思っとったけれど、これから世間の目は厳しいよ。迂闊なことはしられんな。悪口雑言は吐いたりせず、口は災いのもとだから。肝に銘じておかれ」

「誰かに何か言われた？」

「いや、でも怯んでは駄目。毅然と過ごすように。ただ、間違ったことだけは、しられんな。もし何か自分で判断しにくい場合は、お姑さんがそうするようにと言われた、とかお姑さんの言われた通りにしているだけと言われ。何でもお姑さん、お姑さん、と私のせいにしとかれね」

　主人（あるじ）である夫が亡くなり女所帯になったことで、世間の風当たりが急激に強くなることを懸念しての言葉だった。

　こんなに物わかりの良い人だとは、思わなかった。単刀直入で思い立ったらすぐに行動する人、というイメージはあったが、ましてこんな柔軟な考え方ができる人、とは思ってもみなかった。お義母さんていいとこあるんだ、と見直した。

「澪ちゃんもわかったね」

「おばあちゃんをこんなに頼もしいと思ったことはないわ」

　と娘も率直に言った。

　そのうち、えんちゃんが亡くなり、よっちゃんは施設に入所したと聞いた。親が亡くなると、自然に施設へ入るということになるのだろうか。

この頃になると、みち子はもうベッドを離れることはなくなった。当然、私の介護が必要になってくる。義母はいるけれど、小柄であり高齢でもあるので、到底ベッドからの上げ下ろしはできない。

「お義母さん、必ず近くにいますから、用があったら呼んでくださいませ」

と言うと義母は、

「別に用もないけど、そのうち必要になったら呼ぶちゃ」

「はい、わかりました」

と言って十分も経たないうちに、

「パジャマを汚したらしいから、体を起こしてくれんけ」

義母は立って見ているだけ。何でもやってあげると言った私にも意地があるから、もっぱらみち子に向かって、

「みち子ちゃん、痛いとこない？　気持ち悪いとこない？　パジャマは着替えたけれど、まだ他にないけ？」

「みち子、そんでなかろがいね、いい加減にしとかれや」

と義母。

「お……お姉ちゃんありがと」

「じゃあ、またね。後からまた見に来るちゃ」

次第にみち子は体が重たくなってきたらしい。そして、節々が痛み始めたようで、しょっちゅう腕を持ったり、さすったりして、時には顔を歪めて痛さを我慢しているみたいだ。見ている方も辛(つら)いけれど、どうしようもない。近所の人が、

「奥さん、一遍市役所で相談してみられたら？　きっと良い方法があると思いますよ」

と、気にかけてくれた。

早速、市役所へ問い合わせたら、週二回、福祉課の職員二人が、訪問看護に訪れることになった。

夜、私一人で介護するのは無理なので、澪に頼んだ。澪は学校勤務があるので無理はさせられないが、そうも言っていられないのが現状だ。夜は十時半におむつを替えると、余程のことがない限り起きない。しかし、発熱や体調がいつもと異なった場合は、この限りではない。そんな時はブザーが鳴る。

市役所から二人が訪れたある日、みち子が急にたどたどしい口調で二人に、

「わっし、お姉ちゃんがおられんと生きていけんが」

「何で？　そんなことないよ。みんなみち子ちゃんのこと大好きだし、大切に思っとるよ」

「いいが。みんなお姉ちゃん、わかっとられるから。あのもんたちが来ても、わっしのとこへ顔も出さん」

あのもんたちとは、家から養子に行った兄弟のことである。

「お姉ちゃんがあのもんたちが家へ来て帰る時に、わっしのとこへ顔出すように言ってくれても、返事だけでそれさえせん。わっしなんか、おれん方が良かったと思うとんがだちゃ。だから、覗こうともせんがだちゃ。廊下を挟んですぐ前の間ながに。でも、お姉ちゃんが全部してくたはれるから、わっし安心しとるが」

そして、日を経て十一月の報恩講の日に義弟たちは、住職として出勤するために来る。その日ばかりは、途端に小姑の顔になる。みち子にとっては兄弟である。

しかし、他家に行った人は他家の人。みち子は紛れもなくこの家の者。そこが違う。小姑の顔で言う。

「あのもんたち、ちゃんとして来たけ？」

と聞く。ちゃんとして？　というのは、本堂に供える供物のことである。

「ええ、ちゃんと持って来られたよ。すぐお供えしといたから」

「そうけ。いかった、いかった」

そして、平凡で穏やかな日常を繰り返していたある日、義母がみち子に話している声が聞こえてきた。

「みち子、お姉ちゃんにあんまり何でも言われんな。嫁なんだから。知らせなきゃならんことは、おいおいにおっかちゃんから知らせるから、あんたは黙っとられ」

えっ、誰のこと？　と思いつつも、すうーっと血の気が引いた。

親しくしよう、一緒に何でもしよう、と努めてきたのに何ということ。私がこの家に来てから、周囲に目配りして精一杯努めているのに、時にはそれぞれの顔色を窺って暮らしてきたことなど、一体何だったのだろう。お義母さんは、私をその程度にしか見ておられなかったということなのね。嫁って姑が亡くなるまで嫁でしかないのね……。

澪と私を呼んで、他人の盾になってくれるつもりで話してくれたのではなかったの？

あの時は、何と優しいお義母さんだろうと思い、ずっと気持ちが和んでいい感じだったのに。その時だけの思いつき？　「良いことを言うてやった」くらいの優越感だった訳だ。空々しい。でもこれが現実だから、受けて立とうじゃないの。よしわかった。悩んでもしようがない。間にカーテンを吊ったと思って、カーテン越しに聞こう。

しかし、今度ばかりは鉛のように心が重かった。できることなら、義母の袂を引っ張って「もう一遍、言うてみられませ」と言いたいのを、ずっと堪（こら）えた。その結果、カーテンを吊るすことにしたのだ。

義母から、間接的に鋭い指摘を受けた。義母は、結局「佳子さんは他人だから、他人の目でこの家の者を見ている」そう思ったんだろうか。

よく義母は私に、

「パパは私の子ではあるけれど、もうあんたにあげたんだから、いちいち報告しられんな。煩わしい」

と言っていた。

それから暫くしてその義母も亡くなった。

義母が亡くなる前、みち子のブザーが鳴った。急いで行ってみると、ありったけの着物をベッドに広げ、時計や貴金属を腕に掛け、当の義母は、

「佳子さん、これを何処か安全な場所へ仕舞ってくたはれ」

と言う。目は泳いでいるから、これは普通ではない。直ぐ掛かり付けの医師を呼んだ。

先生は、すぐ近親者に連絡をするよう仰った。義弟たちに連絡したが、みんな留守だった。

その日、私は必死で義母に声をかけ通した。

「お義母さん、しっかりしてくださいませ。みち子さんもおられることですから、しっかりしてくださいませ」

と言うと、はっきりした声で、

「それもこれも、仕方のないことだちゃ」

と言って亡くなった。

お盆の八月十五日。義母九十四歳だった。みち子は、さぞ悲しんでいるだろう、と思ったが意外とそうでもなかった。

「みち子さん、これはどうにも仕方のないことだから我慢してね」

と言うと、みち子は、

「わかっとる。いつかおっかちゃんは、わっしより先に逝くと思っとったから……。お姉ちゃん、また、頼んちゃあ」

「ええ、今迄と一緒。心配しられんな。澪も同じだと思うよ」

その後は、そうっとしておいてあげよう、と思って、傍を離れた。

そのうち、聞きつけた村の人たち、門信徒さんたち、近隣のご住職さんたちが弔いに来られ、慌ただしく時間が過ぎてゆく。台所は三人、男衆は三人、家から申し出なくても段取り良く全てが前へ進んでいく。先ず本堂に幕を吊り、後は自然に決まり通りに。台所もいつの間にか古参が仕切っている。

＊

それから二年が経ち、私が風邪をこじらせて一日中ぐずぐずしていた。その時みち子は、

「お姉ちゃん、わっしの横へ来て寝られ」

と言う。私は邪険に、

「みち子さんに何ができるがけ？　動けもせんがに」

と言うと、それでもみち子は、

「見とるから、ここで寝られちゅが」

なおもしつこく言う。私は渋々タオルを持って、みち子のベッドの脇で横になった。あいにく澪は、生徒の付き添いで修学旅行中である。

時間にしてどのくらい経っただろうか。夜中に起き上がってみると、みち子が自分のベッドを起こして、じっと私を見つめていた。私がうなされるとみち子が、

「お姉ちゃん、お姉ちゃん」

と声をかける。声をかけられると私の声も静まる。

「みち子さん、ずっと起きとったがけ？」

と聞くと、

「うん」

と頷く。

「ありがとう、みち子さん」

どう思ってみち子を抱きしめたか。

「お姉ちゃん、手、放してよ。胸痛いし」

と言うまで、私はみち子を抱きしめていた。みち子は、

「そんなこと、大袈裟に言わんでも家のもんだもん、当たり前だちゃ」

と、事も無げに言う。みち子は、一睡もせず私を見ていてくれた。みち子にできることを精一杯誠意を尽くしてくれたのだった。

　以来、みち子に接する態度も一変した。義務感ではなく心から接するようになり、往診に来ていただく先生にも細かく目配りするようになった。今迄のよそよそしさはなく、実の姉妹のように。

　私がここに来て初めてではなかろうか。どこか他人の目で見ていたものが、初めて大切な家族だと思えた。

　ああ良かった。今からでも遅くはない。みち子を存分に可愛がってあげよう。どんなにか口には出せない、遣る瀬無い思いを、諦めて耐えてきた筈だから。

「ああ愛おしい」

　心がいっぱいで、愛(いと)おしさがふつふつと湧いてくる。

　ある日、診察が終わった後、先生が、

「ちょっと、いいですか？」

　と言われた。

「えっ？　何か？」

「このままだと、あなたの負担が多くなるし、何処か施設を考えられた方が良いのではないですか。みち子さんは、年齢もあなたとそんなに違わないでしょう」

確かに、みち子は三つ下である。思わず、老老介護という言葉が浮かんだ。

「次に来るまで考えといてください。私も二、三当たってみますから」

と言って帰られた。そういうことは考えたこともなかったので、私自身どうすれば良いのか迷った。これからは実の妹のように接したい、と思っていた矢先だったので、余計に不憫さばかりが増し、途方に暮れた。

とにかく家族で話し合おうと思い、相談した結果、先生が言ってくださったのも一つのきっかけだから従おう、ということになり、みち子の意向を尋ねた。

「いつまでもこの家におれるとは思わんし、先生がそう言われたんなら、そうするちゃ。でも言うてもろてありがとう。知らん間にどっかへ行かれ、と言われたらどうしようかと不安やったが」

賢いと思ってはいたけれど、もう心の準備ができていたとは。

「でもお姉ちゃんなら、必ずわっしに言うてくたはれる、と思っとったから。心配しとらんだ」

「入るについて何か希望ある？」

と聞いたが、勿論あろう筈もない。というより私たち自身、どんな施設が良いのか、全く知らない。今から少し調べても、何処が良いのか見当もつかない。結局、先生が紹介してくださった、病院と併設されている介護施設に決めた。

「家から一番近い所がいい。お姉ちゃんたちがおられるから安心できる」

「私たちも時々見に行けるから」

思いがけず急展開し、来週早々に入所することになった。

みち子がいなくなると思うと、急に淋しさが込み上げてきた。今迄も身体障害者グループの旅行で家を空けることがあったが、それはあくまでも一時的なもので、今後ずっととなると果たしてその喪失感に耐えられるかどうか。急に家が広く感じられるのではないか、と不安ですらある。存在感の大きさだろうか。家の誰かであったら四、五日空けても何とも思わないのに、みち子の場合は、動けない分必ず三度の食事を運ぶし、何やかやでよく部屋を覗く。朝六時になれば、

「みち子さん、朝だよ。気分どお？　おむつ替えるね」

「お姉ちゃん、ありがと。わっし、何ともない。元気だちゃ」

「良かった。今日も晴れとるよ。窓開けとこうか？」

「まだ、いい」

「また後から来るけど、何かあったらブザー鳴らされね。家の中のどっかにいるから」

私がこの家に来てからのみち子は、病気などには縁がなかった。不自由な体でひ弱な割には健康である。

時々何もかも面倒な時、みち子の部屋にも行きたくない時、そういう時は何処へ行っても駄目で、結局またみち子の部屋へ行ってしまう。

「みち子さん、おむつ大丈夫？」

「うん、お姉ちゃん、ちょっこり横になられ。だやそうだよ」

見抜かれたかな。

やはり施設へは断ろうかな。でも私にもこの先、元気でいられるという保証はないのだから。そう思うと決断の時だと思った。

みち子はまた新しい所で、いろいろ友だちもできよう。その方がいい。思うことも沢山あろう。よし、決めよう！

澪に言うと、

「決めたんじゃなかったが？　ママらしくもない。いつ迄悩んでも一緒。先生が言ってくださったのがいい機会だから、そうすれば？」

このことを懇意にしている人に話したら、

「みち子ちゃん、行かれるがけ。奥さんからその話が聞けるのを、待っとったがだぜ。奥さんの体、大丈夫ながだろうか、と心配しとったがよ。そうけ、良かったたちゃ」

私たちが家を空ける時は、出入りの人（いつも頼んでいる人で門信徒さん）に来てもらう。私たちが帰るまでいてもらっている。勿論、その都度何がしかを払って、おむつ替えもしてもらう。でも早くから事情を知っておられる人なので頼み易いし、心置き無く用事を済ませてこられる。この人もそのうちの一人なので、

「奥さん、毎回いーがいぜ」

と言われるけれど、姑は昔から「人を只働きさせるものではない」と口うるさく言っていたので、それが品物であるか、お金であるかの違いはあっても、必ず払うことにしている。近頃は全てお金である。

みち子の入所先が意外に早く決まったので、ホッとしている半面、手持ち無沙汰である。

「みち子ちゃん、元気でね。私らも時々行くからね」

「待っとっちゃ」

みち子は、まるで旅行にでも行く気分ではしゃいでいた。

澪が、

「そのうち不平、不満を言うよ」

と言う。案の定、不満ばかりを言うようになった。

「ご飯が軟らか過ぎる」

だの、

「お菜が少な過ぎる。大きな皿にちょっとしか入っていない」

とか、

「お浸しの野菜が何かわからない」

などと散々文句を並べた。施設の人には、

「何しろ入院経験もないので、好き嫌いを言うかもしれませんが、聞き流してください」

と言っておいた。

「心得ております。ご本人の健康状態を見てこちらで判断します。ご安心ください」

そう言われたので、安堵した。

家にいる時は、自堕落に好きなものだけを食べたり飲んだりしていたが、施設はかなり制約があると思う。何しろ集団行動する訳だから、一人ひとりの言い分ばかりを聞く訳にはいかない。それでも、かなり譲歩してくださっているとは思う。こうして、私と澪は週二回通っている。

施設に行く時間は、十一時四十五分前後。エレベーターを食堂のある二階で降りると、丁度正面にみち子は、昼食用のエプロンを着けてもらって待機している。私たちを見つけると奇声を発して歓迎する。些(いささ)か恥ずかしい思いをしながら、それでも横に行って、ハイ・タッチ。ハイ・タッチといっても、普通の人のような訳にはいかない。手を上げるのも苦痛の筈だから容易ではない。やっとの思いでタッチするとまた奇声である。

施設の人たちは、そんな私たちの状態を見て楽しんでおられるのか、嫌な顔もせず、皆さんニコニコと様子を眺めておられる。私はちょっと首をすくめて、周りの人に、

「お世話になっています」

と声をかけると、

「なんにゃ、私らも今日あたり来られる日かなと思って、一緒に待っとったがだちゃ」

そんな温かい返事が返ってくる。

そして私たちは、みち子にゆっくりご飯を含め、お茶を飲ませ、口の周りを拭いて、澪が病室へついて行く。ようやく自室へ戻って昼の休憩。その間、私は職員から今日までの

様子を聞く。吐いたとか、熱を出したとか、多かれ少なかれ何かあるが、医師が診てくださるのでそれは安心している。よろしくお願いします、と言って施設を辞してくる。

帰り際、みち子は、

「今度はいつ？」

と必ず聞く。初めのうちは、何日の何時頃と答えていたが、その日が急に都合が悪くなることもある。

「近いうちに」

それだけ答えるようになった。

八月、納涼祭があるという連絡を施設から受けた。まず出欠の返事を出す。納涼祭といっても、地元のボランティアの人が演じる寸劇や、施設のスタッフたちの歌、半ば頃に施設長の歓迎の挨拶。それぞれが目一杯務めて、入所者とその家族をもてなすための、年一回の行事である。それすら入所者にとっては苦痛かもしれない。何故なら、みち子のような入所者はまだ良い方で、寝たきりの人、起き上がれても流動食の人、全く感情が伴わない人など様々である。だけれど、みち子は、私たちが確実に来るとわかっているから、楽しみに待っている。

私たちは入り口で名前を告げ、紙パックのジュースを貰って、みち子の近くまで行く。みち子は私たちを見つけると、横でサポートしている看護師さんと大きく手を振る。みち子にとっては、私と澪が来てくれたということが重要で、寸劇がどうの、歌がどうの、ということは二の次。家族がわざわざ自分に会うために来た、ということがどんなにか大切で、それによって自分の存在を確かめているようだ。みち子は、そういう他人が自分に対して向ける感情を読み取る力が、非常に長けている。

三十分程の余興を見て、看護師さんやスタッフの方々に挨拶をして帰る。みち子は、満足気に頷いて自室に戻り休む。私たちも重いものを背負っているような感覚を捨て、家路に就く。だけれど、こう思うのは私だけかもしれない。みち子が家にいた時とは違う。明らかに一歩離れ、第三者的目線で眺めている。家にいる時は始終気になっていたことが今は気にならなくなった。

例えば、風が冷たいと上着が要るんじゃなかろうか、とか。足が冷たかったから靴下を履かせよう、とか。そういう身体的な細々（こまごま）としたことが気にならなくなった。それはやはり、入所しているから施設の人の管理だと思っているのだろうか。施設では、淡々とそれぞれの役割に応じてこなしておられる。

「また今度ね」

と言って帰ってくるが、それも殊更感情がこもっている訳ではない。実に淡々とである。施設へ入ったことがきっかけで、私たちもみち子に対して、家にいた時程の情がなくなった。あんなにみち子の状態を気にしていたのに、今はただ健康でいてくれさえしたら、とそればかりを願っている。

離れていると情が薄らぐのだろうか。いや距離の遠さが、次第に私たちの心の遠さになっていくのではないか。

みち子もそうだと思う。以前のようにお姉ちゃん、澪ちゃん、と言わなくなった。勿論、行けば満面の笑みで迎えてはくれる。だが昼食を終えると、

「あんたら、こんで帰られ」

と言う。もう少しいて欲しいという素振りもしないし、名残惜し気でもない。

看護師さんも仕事とはいえ、毎日こんな患者さんばかりを看るのも、さぞ大変だろうと思う。逆に見れば、こういう難儀な仕事をしているということを、患者さんの家族に見てもらうというのも、良い機会かもしれない。私たちが何の気なしに過ごしている日常と、全く違った日常がある、ということをこの施設を通して垣間見た。

仕事は何であろうと、それなりに気苦労があると思う。人を相手にするのは、なんといっても相手にそれぞれ千差万別の意思があることだから、大変なことだと思う。私はみち子を通じて、人はいろんな人の世話なしでは生きられない、ということを強く強く感じた。

みち子は、私たちが来ているのを見て安心し、自分がまだ家族だと思えるのか、本当にホッとした表情を見せる。むしろ私たちは、みち子が満足しただろう、ということで渋々帰ってくる。

ここに入所している人は、どのような事情があるにせよ、中には納涼祭のこの日だけが家族に会える、という人もいると聞く。だからこそ日常をサポートする誰かが必要だともいえる。

「みち子ちゃん、素っ気なかったねえ」

「だんだん一人になるってことが、施設にいることを通してわかってくんじゃないかな。だとしたら、可哀想だけれど、これは慣れるしかないね。ママ、自分を責められんな。充分看たがだから」

「でも、もっと良い方法があったのではないかと思ってしまう」

「先生が仰った言葉に尽きるよ」

重い足取りで帰ってくる。

みち子は利口な子だから、私たちとみち子の間に距離ができたことを感じ取っているのではなかろうか。次第に自分のいる場所はこの施設だから、むしろ施設でよく思われたい、とか施設の人の言葉に敏感になってきているのではないだろうか。だとしたら、やはり寂しい。だけど慣れていくしかない。

次第にみち子のところへ行く足が、少しずつ遠のいてきた。みち子自身、

「また来てね」

とか、

「お姉ちゃん、風邪引かんかった？」

と言うこともない。

最初の頃は、

「村の誰々さんは元気？」

とか、村のこともよく聞いたのに、近頃はさっぱり聞かなくなった。

「誰々さんが『みち子さん、どうしとられる？』と聞いておられたよ。だから、『元気に

しとるよ』と言っておいたよ」

と言っても、

「ふーん」

としか言わない。

家にいないということは、だんだん存在が遠のくということだ。どんなに大切な人、愛おしい人でも、時期がくれば、いないことを受け入れ、そして忘れる。だから人は生きていけるのかもしれない。残念だけれどこれが現実だ。それゆえ人は、辛酸を舐めてでも忘れるということを覚えるのだと思う。

平穏な日々が続いていたが、コロナ禍で地方でも病院や施設等では面会の規制が始まっていた。そんなある日、施設から電話があった。

みち子は全く食欲がなくなり、ものが食べられなくなったという。急いで駆けつけると、看護師さんが二人、原因がわからず困っておられた。熱もないし、下痢もしていないが元気がない。

私たちにそう話しておられる時、澪が、

「施設からの連絡で『コロナ禍で暫くは家族も面会は控えるように』という指示があったので、私たちが面会に行くのを見合わせていたからではないかな。みち子ちゃんは、私たちから見捨てられたと思ったんじゃないかな。コロナ禍のことは、全然理解していないと思うよ」

と言ったら、看護師さんが「はっ」として、直ぐに二階へ行き、医師と一緒にみち子を連れて来られた。

「お姉ちゃん、澪ちゃん！　あんたら来んもんだから、ほっぱられたと思っとったんだぜ。いかった、いかった、いかった」

と涙を浮かべた。

その間の事情をわかりやすく話すと、

「わかった、わかった」

と言い、急にいつもの元気なみち子に戻った。

「やっぱり家族ですねえ。そんなこと全く気もつかなかったです」

と、しみじみとした口調で看護師さんに言われた。

その後、定期的にみち子との面会や医師、看護師との面談ができるようになった。本来ならばこのような時期でもあるから、家族の面会も控えざるを得ない状況ではあるが、丁度、みち子の件もあり、入所者や家族の精神的負担を配慮してのことであろう。面会時間は僅か十分。それでも、みち子の状況を把握できるので有り難い。

＊

五十年余り、みち子を看てきた。義弟たちは他人と思う。でも、みち子は姉妹である。実の妹より濃い。その違いは、単に一緒に暮らしたとか暮らさないとかではない。長く、みち子の立場に立って物事を見てきたと思う。みち子は、私の立場をよく理解していたし、私のことをよく見ていたと思う。どれだけみち子がいたお蔭で励まされたかわからないし、助けられもした。私がこの家に留まったのは、みち子がいたから。そうでなければ留まってはいなかった。他人としてこの家に留まる原因の一つは、みち子の存在であった。今しみじみ思う。本当に大切な家族であった。

今でもみち子のことを思うと涙が出る。

この家で四人を見送った。看取った人の数ではない。どんな気持ちで看取ったか。そこには恨みもあったろうけれど、みんな水に流して愛しさだけが残った。

　でも許せないのは義弟たちである。実の兄弟と妹でありながら、義母が亡くなって十八年、年に三度来る弟たちは、一度もみち子の部屋を覗こうとしなかった。入院や施設へ入っても一度も見舞いにすら来なかった。連れ合いも来なかった。義母がいた頃は、「みち子、みち子」と、さも兄弟愛溢れる様子だったたにも拘らず、義母が亡くなると、掌を返したように見向きもしなくなった。それでも妹だと言えるのだろうか。

　みち子は、ある時言った。

「おっかちゃんが亡くなってからは一度も会ったこともない。私はお姉ちゃんと澪ちゃんがおるからそれで十分だけど、でも兄妹だろお。一遍くらいは、『みち子どうか？』と言ってもバチはあたらんと思うけど。お姉ちゃん、わっしの言うとること間違っとるけ？なあんも要らんが。小遣いくれとも言わんし、またあのもんたちに貰おうとも思わんから。情けない。おっかちゃん、どんなふうに私のこと言うとられたんだろうか。お姉ちゃんに任せといたから、行かんでもいいよ、とでも言うとられたんだろうか」

　またある日の面会に行った日、みち子が言った。

「おっかちゃんの思い出も、だんだん遠うなってきた。ここの人たちは、良くしてくたはれるし、言うこと何もない。お姉ちゃんと澪ちゃんがおってくたはれたから、わっしひとりではないと思うてきた」

「そうだよ、ひとりじゃないよ」

「お姉ちゃん、怒られんな。ようしてもろたがに。怒られんな。わっし、やっぱ、独りだと思うがだちゃ。当たり前のことだけど、今、ようわかったちゃ。気がつかん顔してきただけだちゃ。

おっかちゃんのことも、あのもんたちに腹立てたことも、だんだん遠うなってきた。わっし、やっぱ独りだちゃ。お姉ちゃん、ありがと」

それから一週間後、みち子は往生した。七十九歳。みち子の父の祥月命日の日だった。

今夏、みち子の一周忌を勤めた。遺影を見ては涙している私の様子を見て、きっとみち子は、

「お姉ちゃん、泣かれんな。わっし、ここにおるよ」

と言いそうで、慌てて涙を拭った。その日は一日ぐずぐずしていた。

＊

ようやく看病から解放されたと言っても特に新鮮なわけでもない。これから私の人生が始まると言っても、八十を超え、どんな人生があろうか。

思い返してみると、私の家族も看取ったが、入院中だった父も度々看に行った。ある日、私がガーゼに含ませたお酒を父の口元に持ってゆくと、

「佳子、そんなケチケチしとらんと、もっとたっぷり含ませてくれっしゃい」

「お母さんに内緒ながに、いーがけ?」

「お前が言わんにゃ、わかるわけないちゃ」

昔からお酒好きではあったけれど、それでも飲まないと決めた日は、徹底して飲まなかった。頑固者ではあった。それなのに、この期になってもまだお酒を催促する。

「お父さん、病気悪くなっても知らんよ」

と言っている間に眠ってしまった。

翌日の夜、帰宅しようとしていた主治医の従兄弟を、

「お父さんの様子がおかしい」

と呼び止めた。

「佳子ちゃん、すぐ実家に連絡しられ。さっきまで叔母ちゃんも来とられたがにのう」と指示して、聴診器を当てたが首を横に振った。父の顔は穏やかで幸せそうに見えた。

その後の慌ただしかったことを今でも覚えている。

それから数年後、母の最期を看取ったのも私だった。

＊

八十三歳、今から私だけの人生。はてさて、何があるだろう。今更ひとりで何処か遠くへ行こうと思っても、家族に相談しなければいけない。それじゃあ、近場でということになる。みち子がいなくなって、こんなにも張り合いがなくなるなんて、思ってもみなかった。なんと長く関わったことだろう。

あれこれ考えているうちに、もう一度外国へ行きたくなった。私は、咄嗟にやよいさんを思い出した。最後に、ドイツのやよいさんに会いに行こう。彼女は、東京の学生時代を過ごした時のルームメイトであり、親友である。思い立ったら吉日。今だったら健康にも自信があるし、行動できる余裕はあると思うから。ドイツへは何回も往復しているから、多少勝手はわかっている。

ということで来春、ドイツ・ハイデルベルクへ行くことを決めた。その前に、娘に言っておかなくちゃ。澪に話すと、

「ええーっ？　今更何でまた……」

と絶句した。思い立ったから。昨年パスポートを更新したばかりだし、何かにつけ、このタイミングは打って付けだと思う。

心は早ドイツで浮かれている。そうだ、お土産は何にしよう？　やよいさんとつましい学生時代に食した佃煮類と、自家製の梅干しを持って行こう！　そう決めたら早々に買い物に走りたいところだが、澪に、

「仮に行くとしても来春でしょう。まだ三ヶ月以上もあるがに、何をそんなに急いどるが？」

と言われてしまった。

目的が決まった以上、体力づくりもしなくちゃ。明日からは朝の散歩も欠かせない。とにかく足腰を鍛えなければ。時々、ひとりニヤッとして「ああ忙しい！　忙しい！」と呟く。

健康なうちは行動あるのみ、とばかり、せっせと現状維持に努めるどころか、更にパワーアップすべく家事でも何でも積極的にこなし、家中を駆け回っている。家族は私の思いつきに振り回され、周りで辟易しようと何のその。私は私の道をゆく。明けても暮れても、ドイツ、ドイツと思いを馳せている。というわけで、これが来春、旅立つまで続きそうだ。

この寺へ嫁いで五十八年の歳月が流れた。思い返せば、子育てもさることながら、嫁姑の戦いの人生であり、大半は介護の人生であったことに気付かされた。

家族が揃っていても、常に誰かの介護を求められた。義父が亡くなった直後から、私は家族の病院の送り迎えのために、五十歳を目前に自動車の免許を取得した。夫は持病があり闘病生活が長く続く中、私は食事療法に徹底した時期もあった。

そして、みち子。みち子とは結婚式の日に初めて対面し、以来亡くなるまで関わった。最初、こんなにかけがえのない存在になろうとは、思いもしなかった。

日々の中で、何かと煩わしいと思うことや、辛いことも多々あり、卑屈に感じた頃もあった。けれども、そこにはいつも家族の支えと笑顔があり、いつの間にか乗り越えていた。今、ホッとした半面、寂しさを感じつつ、愛おしい日々だったことに感謝している。

トマーレ

空襲警報のサイレンがいつもより長く鳴り響いた。

「あんたら起きられま！」

切羽詰まった母の声に枕元の服をあわてて着込み、身支度もそこそこに庭へ飛んで出た。真夜中だというのに空全体が美しく紅く染まっていた。千メートルほど離れた神通川あたりの上空に、見たこともない飛行機が次から次へと連なって飛んできた。手が届きそうなくらいに低く。唸るような、巨大な蜂の羽音のような低音が幾重にもこだまし、富山の空に響きわたって異様な雰囲気に包まれた。

北から南に絶え間なくゆっくりと動いていく黒い巨大な影。その影からは、ひゅるひゅると優しい音をさせながら、棒のようなものがくるくると回り驟雨となって降ってくる。鉄の雨は大きな音を立てて炸裂した。そして、また滲むように広がる真っ紅な炎。見るものすべてが紅に包まれた。私はぶるっと身震いした。「きれい」。花火かなにかを観ているかのよう。見たこともない美しさにあっけにとられていた。この紅の下には何千、何万人の逃げ惑う人がいたというのに。一九四五年八月二日の未明、富山大空襲。一夜にして富山が消えてしまった夜だった。

　私は佳子。当時七歳。富山市郊外にある室町時代から続く寺の長女。門信徒からは敬われていた。境内は広く子供たちの遊び場になっていた。東京からの疎開児童三十人も受け入れていた。疎開児童がいなければ、戦争を意識することもなかった。ごく普通の日々が過ぎていた。

　そのうち隣のかねちゃん一家も、竹藪を潜って境内に避難してきた。みんなで赤々と焼けていく空を一緒に眺めていた。かねちゃんは一つ年下の幼なじみだった。

「あの焼けていく下にはたくさんの人々が居たろうに。みんな神通川に飛び込んでいるのか」

　無事であるはずもなく、母、父、祖母、祖父、それぞれに皆、何を思ったであろう。私は幼心にも、ただ大人たちの話を聞いていた。空の紅は、先ほどより強く広がっていった。何かもわからない私でも、ただただ涙があふれた。

富山駅近くの町から嫁いできた母辰子は、気丈に振る舞っていたが、やはり実家の事が気がかりであった。紅に染まる富山市街を無言で見つめていた。

灰色の夜明けを迎えたころ、祖母の、

「いつまでもこうしとってても仕方ないし、中へ入らんまいけ」

の声に、私はのろのろと食堂へ入りご飯を食べた。当時は味噌がなく、塩だけで味つけした塩汁（しおじる）と漬物だけの粗末なものだった。誰もが無口だった。思い詰めた表情を見せた母は、箸が進まないようだった。実家のことを考えていたに違いない。突然、

「おっかさん、わっし見てきたいんだけど駄目でしょうか？」

おずおずと尋ねた母に祖母は、

「辰ちゃん、あんた一人で行くがかいね？」

私は咄嗟に口をはさんだ。

「わしも行く」

その声に父は一瞬驚いたようだった。

「お前はまだ小さいから残れ。行くな。土手道を歩くのは無理だちゃ」

と言って引き止めた。私は頑として聞かなかった。母も心細かったに違いない。

「足手まといかもしれんけど、私もこの子が居ることでちょっとは助けになるかもしれんし、わしから離れんにゃ何とかなる。もし、土手が崩れとったら引き返すさかい、おっかさん、私を見にやらせてくたはれ。お願いしますちゃ」

祖母は、

「仕方ない。その代わり何かあったら引き返して来られか。いいね」

ようやく祖母の許可がおりた。

翌朝、私は遠足気分ではしゃぎ廻った。ちらっと父の顔を見ると苦り切っていた。まだ何か言いたげだった。私はそんな父に気付かぬふりをした。

結局、神通川の鵯橋は落ちてしまっていたので遠廻りして、井田川に幅二十センチ程の板が、三枚かかっている橋を渡ることにした。どうやって渡ったのか……。母は覆いかぶさるように佳子を支えて、橋の両端を持って恐る恐る歩いたに違いない。橋を渡る時、母は佳子に、

「絶対下を見られんな！　母さんは落としたりしないから。本当に下を見られんな。顔を

上げて前だけ見とられね」

母に諭されて、下を見ないでおこうと思ったけれど、ついつい下を見てしまう。その度に母の手にグッと力が入る。

高さは五十メートルはあろうか。橋の長さは百メートル程。佳子が下を向く度に佳子の足がすくむので、母が察知し、佳子を励ました。井田川を渡り終えるまで、三十分ほどかかったであろうか。

とにかく必死だった訳で、渡り切った時、佳子の顔は涙でグショグショだった。

余程、怖かったのだろう。だけど佳子は母には一言も言わず、気丈に、

「この後、まだ川がある？」

と聞いた。

「もうないよ。佳子、偉かったね」

と言うと、

「お母さんが一緒だから、平気だった」

と言ったのを聞いて、内心では佳子を連れて来て良かった、と思ったに違いない。

「家へ帰っても言われんな！」

「わかっとる」

母の実家へ着いた頃には夕方になっていた。

土手は砂利道で、底の薄い粗末なゴム靴では砂利の痛さがそのまま足に伝わる。そのうち破れ、底が抜け、結局裸足になった。母は少し行っては、

「佳子、大丈夫け？」

と振り返った。

「うん、大丈夫」

本当は大丈夫なんかではなく、半べソ状態であることを母は見抜いていた。炎天下で暑くて辛かったけれど、自分で行くと言い出した手前、もう歩けないとはとても口にはできなかった。母は母で、私を背負うだけの気力はなかったに違いない。ついていく私を待ちながら、夏の日差しを遮るものが何もない神通川の堤防を、三時間ほどかけてようやく母の実家に辿り着いた。

焦げ臭いがれきの中に、すっくと建っている母の実家。焼けていなかった。

「あぁ、いかった」

母は息を漏らした。

「おまさらっちゃ来たがけ。こんな時期によう来たのう、さ、さ、入らっしゃい。あぁ佳子も一緒かい」

祖母は少し驚いたふうだった。

その晩は、祖母と伯母、従兄弟二人と看護婦さん、お手伝いさん二人の賑やかな夕食になった。伯父は町医者で、その日は往診に行っていた。従兄弟たちは口々に、道中の様子を聞きたがった。

「嫌なにおいがしてきたかと思ったら、真っ黒に焦げた柱や瓦が見えてきたがやちゃ。まだぼうっと煙が上がっとって、においがきつくてお母さんにしがみついたがやぜ」

私も息継ぐ間もないくらいに夢中で話し、そのうち眠ってしまった。

「余程疲れたんだねえ、寝かしとかっしゃい。安心したがだぞいね」

誰が言うともなく、うつ伏せのまま眠らされていたようだ。

翌朝、母と私は祖母に大きな握り飯を作ってもらい、祖母の家を後にした。白い輝くご飯だった。握り飯は十個あった。母は実家が無事だったことに安堵したのか、昨日よりよく喋った。他愛もないことばかり話しながら、二十分ほど歩いて土手にさしかかろうとしていた時、私たちの後ろに人の気配がした。煤けた顔で、薄汚れた身なりをした子どもた

ちだった。母が、

「あんたら、どうしたがけ?」

と聞くと、一人が、

「食べるもんが欲しい。その風呂敷に何か入っとるがでないがけ?」

「あんたたち子どもだけ? みんな近所の人ながけ?」

「なあん、知らん人ばっか。腹が減って腹が減って。そんで土手に上がりゃ、誰か通る人が何か恵んでくれるかと思って」

「お父さんやお母さんは?」

「神通川で死んどる。水はお湯みたいやし、横で母ちゃんが妹の手を握って死んどった。おら独り、生きとる。だから通る人に何かもらおうと思って。小母さん、それくれよ」

真っ黒な手を出して言った。母は無言で握り飯を一つ与えた。

「元気出して」

そう声をかけるのが私には精一杯だった。

「お母さん、もう一つあげれば良かったがに」

「また欲しいと言うて来るから」

そうかな、と思っているとやはり一人、また一人とやってきた。子どもたちに次々と与え、最後の一個になった。

「これは佳子ちゃんが食べる分」

大切な最後の一個だ。男の子だか女の子だかわからない子が、後一つ残っていたお握りを恨めしそうに眺めていた。たじろいだ母は一瞬私を見た。私は微かに頷いた。それを見て母は最後の一個をその子に与えた。

「ありがとうございます」

声で女の子だとわかった。

「お母さんは？」

と聞くと、首を横に振った。

その時佳子は訳もわからぬ怒りがこみ上げてきた。七歳の佳子には、戦争の無意味さはわからない。けれど現にこうして佳子と同じくらいの子どもが、両親を失い、食べるものもない。そして食べることのために道行く人に食べ物をねだらなければならない。そのことを声を大にしたとて誰にも届きはしない。同じ人間のする事だろうか。

佳子はその女の子が疲れ果てて、いっぱいいいっぱいであることがわかったらしい。母が

差し出したお握りと漬物全部を、大事そうに抱えているその子に佳子は、

「これもあげる」

と言って、アメ玉を袋ごと差し出した。女の子は一瞬佳子を見て涙ぐみ、深々と頭を下げ暫くは顔を上げなかった。

「生きてね」

「生きてね」

と母は言った。

「はい。必ず」

女の子は答えた。

これで全部お握りはなくなった。皆私ぐらいの年で、顔や身なりは薄黒く汚れ、身一つで命辛々生き延びて来た感じだった。私は荷が軽くなった半面、お祖母ちゃんとこのお握りが食べてみたかったな、と思った。

「佳子、結局私らの口には一つも入らんだけど、これでいいがだよね。家へ着けば何とかなるもんね」

と言って、母は私をギュッと抱きしめた。

それからまた長い道のりを歩いた。

樫の木が見えた。ようやく先が見えてきた。あと少しで家に着くと思うと、体はヘトヘトなのに心は妙に弾んだ。村人たちが、あの樫の木が見えてくるといよいよ家が近いと思ってホッとする、と言っていたのを思い出した。

家に着くとみんなが笑顔で出迎えてくれた。

「おっかさん、有り難うございました。みんな何ともなく無事でおりました。本当に有り難うございました」

母は手をついてお礼を言った。

「義姉さんも、わっしらこんなに早く来るとは思っとられんかったし、驚いとられたわ」と続けた。祖母や祖父が口々にどんな様子だったかと尋ねてきた。電話もない、何もない時代に生きた人間だけ、目で見てきたものしか用はなさない。これ程確かなことはない。

母が道中から実家の様子や、祖母が持たせてくれた握り飯、土手で出会った子どもたちのことを順を追って話すと、父は目にうっすらと涙をためていた。何よりも驚いたのは、普段何事にも動じない祖母が鼻をすすって泣いたことだった。

「へえ、おどろき！　おばあちゃんでも泣くんだ」

思わず呟いた。それから暫くは家へ来る人ごとにその話をした。みんな、

「わっしら、不満ばっかし言うとるけど感謝せにゃならんね。有り難いこっちゃね」

そう反省しながらも、私がうんざりするほど、何度も何度も根掘り葉掘り聞きたがった。

数日後かねちゃんがやってきた。

「ねえ、今から家に来んけ？　誰もおらんからご飯もいっぱいあるよ」

「行く、行く。でもいいがけ？　家の人おられんとこへ行っても」

「いいよ。今日は遠い田圃（たんぼ）へ行ったから」

早速かねちゃんの家へ行った。誰もいない部屋で二人して押し入れに入り、お櫃（ひつ）を抱えて貪るように白いご飯を食べた。かねちゃん、ありがとう。誘ってくれたのが、無性に嬉しかった。

そんな喜々として話が弾んでいる時に、戸がガラッと開いた。そこへ、かねちゃんのお父さんが帰ってきた。

「そんな狭いとこで食べんと、こっちへ来てあるだけ食べたらいいがに」

と言って漬物も出してくれた。普段は口もきいたことがなく、どちらかと言うと、怖いおとだった。叱られるのかと思ったのに、やさしい言葉が何とも嬉しかった。そして、

あんなに恐ろしそうな人が本当はいい人なのかな、とも思った。

何にしても私は帰宅して真っ先にこのことを母に話した。母は直ぐに何かしらの菓子を持って、かねちゃんの家にお礼に行った。しかし、おととはかねちゃんが喜んでいたから十分だと言って、受け取らなかった。

その晩は私の一人舞台だった。暗い押し入れの、ちょっとカビ臭い中で、ヒソヒソと時々笑い声を立て、シーッと言いながら食べたご飯の味、私は一生忘れないだろう。かねちゃんとこから帰った後も、心は温かかった。かねちゃんは、唯一一緒に遊ぶ人。そうは言っても、学校では学年が違うので遊べない。

学校では、私はアヒルの当番をした。田圃へタニシを獲りに行き、バケツ一杯に拾って、それを石でつぶしてアヒルにやる。それが私たちの仕事だった。が、いつの間にかアヒルが居なくなって、当番もいらなくなった。

「ねえ、あのアヒルいっぺんに死んだんかね？」

子どもたちの噂では、

「先生方がどうかしたんだって」

「ふうん、そっか、食べたんか」

それきりアヒルの話は持ち上がらなくなった。

私の父は、寺の住職をしながら農学校の教員をしていた。父は私に難しい本を買ってきた。『君たちはどう生きるか』。子どもに吉野源三郎の著作を渡したのだ。それが父に最初に買ってもらった本だった。父はその時、

「お前にはまだまだ難しいけど、この本を読むようになれば、自ずと正しい事は何なのか間違っている事は何なのかわかると思うよ。父さんが読んで好きな本だからお前にも読ませたい、そう思って買ったんだ。今すぐ読めなくても長い時間をかけて、特に今のような世の中不安定な時にこそゆっくり読んだらいい」

と言った。読み始めたが漢字がわからず、言葉の意味に躓(つまず)き、台所に居る母の元へ何度も走った。

日本は負けるんだろうと、人々がささやくようになった。戦争に負ける。神通川の土手で出会った子どもたちの姿が浮かんできた。お握りをむさぼった子たち。あの子たちを犠牲にするための戦争だったのだろうか。可哀想に。「横で母ちゃんが妹の手を握って死んどった」と言った男の子のことが、私は忘れられない。あの子たちがどうか無事に生きていてくれますように、と念じずにはいられない。出会って話したのはほんの一瞬だったけ

れど、あの子たちが、もうこれ以上不幸にならないで欲しい。これが戦争というものなのか。

そうしているうちに八月十五日になり、戦争が終わった。私たちはホッとした。電球にもうあの黒い蛇腹の覆いをしなくていいんだ。

「何で光漏れとんがよ」

と、近所から文句を言われなくても済む。それだけでも身が軽くなった。

そのうち秋が過ぎ、みぞれが降る頃、学校で下駄の配給があった。えっ、と思ったけれど下駄である。鼻緒もなく、穴が三つ空いているだけの杉の重い下駄。こんなものまで配給か……と思ったが、それまで私たちは裸足登校だった。校庭の広い水場の真ん中に手押しポンプがあり、それで足を洗ってから校舎へ入るのだから、鼻緒の立っていない下駄でも有り難かった。

翌朝、農家の子は藁で編んだ鼻緒の下駄を履いて来た。私は祖母に布を裂いてもらってそれで鼻緒にし、下駄にすげてもらった。冬は冷たかった。素足で下駄を履いて登校するのはきつい。けれど仕方がなかった。戦時中は兵隊さんが戦場で頑張っているのに、と叱咤された。今度は日本が負けたのだから、と我慢を強いられた。

五十三人いる一年生の寒い教室には、真ん中に火鉢が一つだけ。男子が囲んでしまって、私たち女子の入る余地もない。その時、体が大きく頼りになるさっちゃんが、

「あんたらだけの火鉢じゃないがいぜ。私らにも当たらせせんかいね」

と詰め寄った。他の女子も加勢した。結局男子たちはそうっと離れて行った。

普段の暮らし向きは一見穏やかそうに見えたけれど、やはり戦争に負けたのだと思った。それは至る所に表れていた。駅前や町の映画館には横文字の看板が並んだ。戦時中はくすんだ色の国防服が街にあふれていたが、今では光沢を放つ、色鮮やかで奇抜な洋服を着るハイカラさんたちが、まだがれきの残る街を彩るようになっていた。これからは自由なんだから、ちょっとくらい羽目を外しても……と言いながら家のことは親に任せ、着飾って出歩いた。農家では、それまで姑に仕え控えめにしていた嫁が、外へ働きに出るようになった。稼ぐようになった嫁に強いことを言えなくなった姑。立場が入れ代わった。いつの間にか主客転倒である。

闇市ができ、物も少しずつ増え、世の中の良いも悪いも一変した。アメリカから持ち込まれてきた、何でも「自由、自由」という思想。そんな自分たちに都合のいい解釈にだんだんと染まり、古くからの日本の在り方などどうでもよくなった。私にはそう思えた。特

に若い人がそうだった。何か言えば「自由」。今まで我慢してきたんだから今度は私たちの出番よ。そんな感じである。緊張感のない、むしろダラダラと虚無感だけの毎日が過ぎていった。ついこの間までの、打てば響くような、あのピリピリした張り詰めた時代は何だったのだろうか。戦争が恋しいとは決して思わないけれど、あの引き絞った弓のような、緊張で満たされた時間や日々。それが妙に懐かしく感じられるのだ。

一応平穏を取り戻しているけれど、どうなるものでもない。成り行きに任せるしかない。そう思っていた時に、母方の叔父の戦死公報が届いたという知らせがあった。葬儀に向かうため、母は今回も私を連れて実家へ向かった。列車で富山駅まで行こうかとも思ったが、空襲で神通川の橋が落ちているかもしれないと心配になり、一つ手前の西富山駅で降りて歩いて向かった。進駐軍が駐屯していた陸軍の連隊正門前にさしかかろうとしていた時、いきなり、

「トマーレ、トマーレ」

という聞きなれないアクセントを耳にした母は、すぐにその場に固まった。遅れて歩いていた私は母に追いつこうと急いでいて、そのまま進んだ私が母より一、二歩前に出た、その時である。銃を抱えていたアメリカ兵がいきなり私の襟元を摑んで、

「トマーレガワカランノカ」

銃を上に立てていた兵士が、私に銃口を向けたのだ。その銃口は私の額に当てられている。黒い穴が目元に迫った。その時思った。「撃つなら撃てばいい」なぜかわからないが妙に大人びた思いが頭をよぎり、かえって気持ちが強くなった。母は狼狽していた。兵士は私たち二人の身体検査を始めた。

「イケ、イケ」

私たち親子は「助かった」と思い、再び黙々と歩いた。数十メートル行った時、

「何であんなに偉そうに言われんならんがけ？」

と母に尋ねた。

「戦争に負けたということは、こういうことだちゃ」

そう言ったきり、また黙って歩いた。

叔父の葬儀といっても火葬だけで済ます簡単なもの、今の直葬であった。

それから二十年。時代は一変し、私も結婚した。女の子を授かり、澪と名づけた。幸せな日々。遠い昔のあの戦争の記憶は、まるで忘れてしまったかのように振る舞っていた。

だがあの「トマーレ」だけは鮮明に覚えている。あの時母が「戦争に負けたということはこういうことだ」と言った記憶である。今から思うと、あれほど適切な言葉はなかったように思う。けれど、それではいけない。いつも負けてばかりはいられないのだ。負けた、という思いは人間をさもしくさせる。勝った者に、或いは自分より身分の高い者、役職の上の者に、人は阿(おもね)り、汲々とした争いの間で生きているのだ。お握りをむさぼる少年の姿、「トマーレ」の言葉の響きが、なにげない生活の中で、私の心の中に横たわる深い沼からふとした瞬間にふっと湧き出してくる。

高校生になった澪が、学校から四十日間の短期アメリカ留学の申し込み用紙をもらってきた。行き先はインディアナ州。かの地の高校へ一ヶ月通う。ホストファミリーにお世話になり、家族として生活する。西海岸を十日間で周遊する旅行もあるというものだった。引率の先生が一人と生徒十五人。私はハラハラしながらも、これで澪も甘えがなくなり少しは大人になってくれることを期待し、喜んで送り出したいと思った。

ところが、夫は「アメリカは自由過ぎるから物騒だ。人さらいまがいの者も多いから駄目だ」と、留学に反対した。義母、義妹と私は、「そのために引率の先生もいらっしゃるし、何よりも現地の高校に在籍するのだから大丈夫」と説得した。折れた夫。ようやく家

郵便はがき

料金受取人払郵便

新宿局承認

7553

差出有効期間
2024年1月
31日まで
（切手不要）

160-8791

141

東京都新宿区新宿1－10－1

（株）文芸社

愛読者カード係 行

ふりがな お名前		明治 大正 昭和 平成 年生 歳
ふりがな ご住所	□□□-□□□□	性別 男・女
お電話 番 号	（書籍ご注文の際に必要です）	ご職業
E-mail		
ご購読雑誌（複数可）		ご購読新聞 新聞

最近読んでおもしろかった本や今後、とりあげてほしいテーマをお教えください。

ご自分の研究成果や経験、お考え等を出版してみたいというお気持ちはありますか。

ある　ない　内容・テーマ（　）

現在完成した作品をお持ちですか。

ある　ない　ジャンル・原稿量（　）

書　名			
お買上 書　店	都道 府県　　　　市区 郡	書店名	書店
		ご購入日	年　　月　　日

本書をどこでお知りになりましたか?

1.書店店頭　2.知人にすすめられて　3.インターネット(サイト名　　　　　)

4.DMハガキ　5.広告、記事を見て(新聞、雑誌名　　　　　)

上の質問に関連して、ご購入の決め手となったのは?

1.タイトル　2.著者　3.内容　4.カバーデザイン　5.帯

その他ご自由にお書きください。

(　　　　　　　　　　　　)

本書についてのご意見、ご感想をお聞かせください。

①内容について

②カバー、タイトル、帯について

弊社Webサイトからもご意見、ご感想をお寄せいただけます。

ご協力ありがとうございました。

※お寄せいただいたご意見、ご感想は新聞広告等で匿名にて使わせていただくことがあります。

※お客様の個人情報は、小社からの連絡のみに使用します。社外に提供することは一切ありません。

■書籍のご注文は、お近くの書店または、ブックサービス(0120-29-9625)、セブンネットショッピング(http://7net.omni7.jp/)にお申し込み下さい。

族全員が賛成したことになった。

二週間が過ぎた頃、澪からエアメールが届いた。元気にしているが意外なことが書かれていた。

ホームステイを始めて三日目に、ホストファミリーのママさんから別の部屋へ連れて行かれ、引き出しを開けて拳銃を見せられたと言うのだ。ママさんに「持ってみて」と渡されたが、ずっしりと重く片手では支え切れなかったらしい。拳銃に驚きしばらく無言でいたら、ママさんはゆっくりした口調で話し始めた。

「滞在中に身の危険を感じた時は、正当防衛のためにこの拳銃を使うように」

そして弾が入っていないことを確認して、持ち方や引き金の仕組みなどを教えられたらしい。隣家から遠く、林の中の一軒家なので試しに外で撃ってみたら、と勧められたそうだが、流石に怖くて断ったと言う。

澪は拳銃を間近で見るのは初めてだった。お巡りさんしか持っていない物、という認識しかなかった。だからママさんから見せられた時は、何故一時的な滞在者にこのような重大な物を見せてくれるのか、不可解でとても気になったらしい。思わず、

「何で私に拳銃を見せてくれるの」

と尋ねると、ママさんは、

「澪、あなたは私たちの大切な家族だから」

と、にっこり微笑んだ。その夜は、手に拳銃の重さの感触が残り、なかなか眠れなかったようだ。翌朝、ホストスチューデントのジョイスから拳銃について聞かされた。この国では、大抵どの家庭でも拳銃があるし、子どもでも使い方を知っているというのだ。パパさんの部屋には、ライフルらしき長い銃が三丁もあった。驚いたが、飼い犬が猟犬だったので納得したという。

国が違うと全てが違って見える。そして澪は、昔私が戦後間もなく連隊の前でアメリカ兵に「トマーレ」と言われたことがあると聴かされた話を思い出した。その時は興味深く聞いていたが、私が恐ろしい目に遭ったことまでは想像し切れていなかったようだった。アメリカで実際に拳銃を目の当たりにして触れることで、澪は時代を超えて感じ取れることもいろいろあったに違いない。

アメリカと日本。アメリカでは日常的に銃を持ち歩くのだろうか。何て恐ろしい国なんだろう。澪が引率の先生に、拳銃を見せられた話をしたところ、他の留学生十四人で、ホストファミリーから銃を見せられた者は一人もいなかったという。澪は余程信頼されたのだろうと、先生は嬉しそうだったと澪が語った。

アメリカの高校は、八〇年代には既にバリアフリーになっていた。障がい者も誰も、分け隔てなく一緒に授業を受け、スポーツを楽しみ、カフェテリアで食べ、笑う。誰もが協力し合って共生していた。平等意識が高く、障がいを持つ人をいたわり、一緒に学べる環境が整っていたことに澪はカルチャーショックを受け、日本は遅れているな、と痛感したと言う。毎晩のように姉妹校のスポーツ観戦やコンサートが催されたり、休日には市内観光やホームパーティなどのイベントがあったりと盛り沢山で、毎日楽しませてもらっていることが伝わってきた。澪にとってのアメリカは、彼女の心に何を刻んでいくのだろう。

私が未だに忘れられないのは、あの「トマーレ」である。娘が忘れられないことの一つは拳銃の重さなのか。それはアメリカと日本の重さでもあり、他ならぬ二国の違いではないだろうか。一応平和だという日本。争いが絶えないアメリカ。それはどうしようもない人間が持って生まれた民族性、曖昧で優柔不断な日本人と、物事を白黒はっきりさせたいせっかちなアメリカ人との違いか。

いずれにしても娘をアメリカへやってみて、少しは「トマーレ」の言葉が軽くなったかに思われたが、何も変化はなかった。やはり私にとって戦争は悪であり、義戦ではない。

未だにそこから脱していないのも現実である。どうすれば脱し切れるのか。あの「トマーレ」が私から戦争を忘れられないものにした。結局私は子どもの頃と少しも変わってはいない。あの土手の上で孤児たちと出会って話したことと、「トマーレ」を引きずったまま大人になった。

戦後七十五年というけれど、心身に傷を負った人、一生忘れられない思いをした人、それは一概に年数が経てば割り切れるものではない。口に出して言える人はいいけれど、多くの人が今も声に出さずに、戦争を憎んでいる。まだまだ言葉にしたくともできない人、耳を覆って「やめて」と戦争について頑なに封印している人、それぞれ事情はあるけれど、私にはあの戦争がもたらしたものの惨さは言いようもなく悲しいこと、それに尽きる。そんなことを戦後生まれの人たちは考えたことがあるだろうか。

私は七歳の頃が忘れられない。それは私にとって戦争はまだ終わっていないということなのだろうか。単に思い出として語るのはたやすいこと。幼心に沁みついた言葉、それは一生忘れられないだろう。

眠れない夜、何が浮かぶかと言えば、決まってあの子どもたちのことと「トマーレ」の言葉と情景。私世代の人はそのような記憶を本当に忘れてしまったのだろうか。日常生活は事欠かないし、幼かった私の記憶を辿れば、今ほど満たされた時代はないのかもしれない。でも、である。でも何かが足りない。それが何であるかは自分ではわかっているつもりでも、明確に「こうだ」とは言い切れないもどかしさ。「トマーレ」と言って銃口を私に向けたアメリカ兵。ホームステイ先で澪が見せられた拳銃。そこにあるのは日本とアメリカの根本的な生き方や民族性、生活習慣の違いだけだろうか。私はアメリカ兵に「トマーレ」と言われ、子どもの歩幅で一、二歩程進んだだけなのに、下ろしていた長い銃を構えて撃つ態勢で私のそばまで迫って来た。受け入れられない危険な者や意に反する者は、容赦なく撃つ。この二つの違いは今や人種や民族云々ではなく、人間として本来持つ人格、或いは生き様がいざという時に出るのではないか。その違いが日本人とアメリカ人の大きな違いであると思う。

思えば七十五年間、何をして生きていたのだろうか。でも私は今、こうして生きている。それなりに満足もしている。それなりに健康で、それなりに幸せ、それなりに……「それなりに」はもう沢山である。

先日、久しぶりに実家へ行って、両親の墓参りをしてきた。父母には、

「お父さん、お母さん来たよ。一年に一回だけど、私ら元気にしとるから安心して」

と言いながら、花を供え線香を立ててお参りした。その時後ろでそうっと手を合わせている人が居る。誰かと思うと、あの隣家のかねちゃんだった。

「かねちゃん！」

「じょろはん！」

＊「じょろはん」はお嬢さんという意味の方言。当時寺や地主の子どものことを「じょろはん」と呼んでいた。

二人は抱き合ってこの思いがけない再会を喜んだ。

「お互い年とったねえ」

「私もすっかりおばあさんになって」

「あの空襲の時のこと覚えとるけ？」

「覚えとる、覚えとるとも！」

「そうやよねえ、なんが忘れるもんかいね」

「あん時はどうなるかと思ったけど今こうして生きとっちゃあ」

積もる話もあるけれど、お互い一人身ではないし、また会えるとの確信もない。

「兎に角元気でね」

束の間の再会を果たしたが、これが最後なのかもしれないと感じた。かねちゃんとは子どもの頃度々境内で遊んだけれど、互いに嫁に行ってからは会うこともなく、今日の出会いは本当に偶然であった。この七十五年間、人それぞれにありとあらゆることを経験し、それが蓄積されて今日がある。それを思うと人が生かされていくことの重みを感じずにはいられない。

かねちゃんは、

「じょろはん、どうかお達者で。この日会えたのも何かのお導きですちゃ」

そう言って去って行った。私はこの出会いをただの偶然とは思えなかった。心の底からかねちゃんの幸せを念じた。

思えば私も長い間「トマーレ」を引きずりながら来たけれど、そろそろお仕舞いにしようかと思う。あれは一時のことでしかなかった。引きずっている方がどうかしている、そう頭ではわかっているのに、それでも、と思ってしまう。業なことだ。だがその業がある分、明日への気力に繋がっていくのかもしれない。私は私でしかない。それは誰がなんと言おうとそうなのだから。

あの富山の空が真っ紅になった日から七十五年。人々はそんなことも忘れて、相変わらず些細なことに神経を尖らせ過ごしている。

あの日、堤防沿いに私たちの姿を見つけてやって来た子どもたち、その後、どうなっただろう。親族に会えたのだろうか。そうしたことは知る由もないが、未だに記憶に残っていて忘れられない子たちであった。

富山では、人それぞれに与えられた運命を「あたわり」と呼ぶ。だがその運命に翻弄され、時に抗いながら、ささやかに日暮らししているのではなかろうか。何事もなかったかのように。

邂　逅

（一）新生活

富山から大学進学のために上京した佳子の、東京生活の第一歩は杉並区に落ち着いた。しかし、これは長く続かなかった。何故なら大家さんが年輩の方で、何かと日常生活の手伝いをさせられたから。これも初めの予定にあったのなら、そういうこともあるかもしれないと思えたのだろうけれど、まるでそうではなくて、いわゆる「ちょっと来てくださらない？」で始まって、それが一向に、ちょっとでは済まされなくなった。大学もあるし、お手伝いに雇われたわけでもないので、お断りした。

それもあって三ヶ月で引っ越した。

三ヶ月のうちに学生援護会に入り、下宿の斡旋と同室になる友人を求めた。現代で言えばルームシェアだろうか。

幸い二日後に見つかり、面談した結果双方が気に入り、部屋も七畳を二人で使うことになった。

ようやく東京生活も落ち着いた。それが生涯の友となる、やよいさんである。

生活も慣れたある日、二人は何の変哲もないスカートを買った。安価であるという、ただそれだけで。

「でも味気ないわねえ」

ということで、模様でも描こうということになり、早速二人一緒に描き始めた。佳子は全くその知識がないから、やよいさんの言われるままに色を載せていく。その頃出始めたばかりのマジックインクを使って、

「ウーン、いい感じ！」

「世界に二つとないわねえ」

佳子たちは大満足であった。そしてその晩、夜露にあてることにした。

翌朝、隣の奥さんが、

「やよいさん、佳子さん、貴女たちじゃないの？　スカートを干したの」

「ええ、そうですけど……」

「ちょっと見てごらんなさい。スカートが色落ちして見る影もないわよ」

「ホントだ。どうしよう」

昨夜の雨で見るも無残。赤や青の雫がポタポタと落ちている。

「どうする？」

「しばらく放っておきましょう」

「乾いたところでどうするか決めましょう。多分、マジックインクが出ている以上、何か色止めの液が売っているはずだし、お店へ行って聞いてみましょ」

またある時、やよいさんは、缶詰のレッテルのデザイン画を描くアルバイトをしていた。

「佳子さん、缶詰の缶は、美しく描いても駄目なのよ。その缶の中身が欲しいのだから。それを見て買う気にさせなきゃ駄目、むしろ美しいとか上品よりもその物ズバリ、魚や果物など何でもそう。中身をどういう形にして買わせるか、美味しそうか、まずそうか、さほど美味しそうでもないか、にかかっているの」

「へえ、そしたら、ありのままの魚そのものを描けばよいのね」

「そう、例えば鯖なら鯖らしく描いて、なおかつ食べたくなるように。しかも買わせるように働きかけて、尚売り手の、買ってください。という強い意志を絵が働きかけていなきゃ意味をなさないの。わかる？　難しいのよ」

「今度から吟味してレッテルを見なきゃ！　また教えてね。当分缶詰が続くだろうから」

「いいわよ、そんなにしなくても。でも、変わったのがあったら教えてね」

ある夕方、

「佳子さん、今日は私のおごりよ」

「えっ？　例の缶詰の？」

「そう。でもね、五点出して、四点しか取ってもらえなくて。あと一点どうして駄目だったんだろう。似たような一点があったのかしら」

「それにしても、やよいさんって、凄いわねえ、商業用のレッテルを作るなんて。私には考えられない……。文学部の学生なんて個々の文学論を並べているだけで、いっぱしの評論家にでもなったつもりでいて、何だか陳腐な気がするわ」

その夜は、

「商品にして出す、売るとなると必ずと言って良いほど、誰かがデザインしているわけだから、一つの作品が市場に出るには多くの人の手を煩わせているということ。勿論、全部が全部というわけでもないけど、大体はね」

「凄いわねえ。でも、貴女に聞かなきゃ、全く知るはずもなかったことが聞けたんですもの。いろんなことに疑問を持つということ、時には必要ね」

などと、二人ともジョッキコーヒー（アルコールが数滴入ったコーヒー）で上機嫌になり、デザインの話から、とりとめのない話まで、話は尽きることがなかった。

そして週末の土曜日の三十分間、やよいさんは貸しピアノに行ってピアノを弾く日だった。腕が鈍るからと土曜日の午後は欠かさない。三十分で五十円。佳子はいつもついて行った。

ある日、やよいさんが、

「私が教えてあげるから、佳子さん、貴女も弾かない？」

と言ってくれた。

「ずぶの素人が、できるかしら？　一度も経験がないのよ」

「何とも言えないけれど、貴女が私に付き合うためにここへ来るのを見て、少しは音楽に対して興味があるのかな？　と思ったの。そんなに難しく考えないでいいのよ。夕焼け小焼け……、でもいいのよ」

というわけで、佳子はやよいさんにピアノを習うことにした。五十円追加して。

やよいさんは三歳の時からピアノを習った人だから、弾くのも、そこいらの人とは訳が違う。

「月謝はいくら払えばいい？」

「貴女、家からお米を送ってもらっているでしょ？　それを私にも食べさせてくれたらいいわ」

家から送ってもらう米は充分にあり、今迄も一緒に食べたらいいのにと言っても、彼女は、

「いいえ、主食だからお金は取ってね」

と言われるままにもらっていたけれど、今度はそれがピアノの習い賃になる訳だ。お金って、工夫次第で何にでも化けるんだと思うと、何だか妙で、おかしい。

「佳子さん、そんなの幼稚園児でもすぐ覚えるわよ。私も月謝をもらっている以上、教えることに徹するわね」

そんな訳で教える方が忍耐なら、習う方は寛容だ。そんなこんなで半年続いた。

ある日、やよいさんは帰ってくるなり寂しそうに言った。

「佳子さん、私、ドイツへ行くことになったの。貴女ともすぐお別れね」

半年後、やよいさんは神戸港から船でドイツへ向かった。貨物船だけど、キャビンが六つあるし、東北の看護婦さんも一緒ということだった。神戸港であっけなく別れた。

いつか再会できることを願って。

（二）初めての海外研修

わずか十五日間のヨーロッパ研修ではあったけれど、四十代の佳子にとっては初めての海外旅行であった。

各市町村によって多少異なるが、参加が決まる前に市の教育長をはじめ、教育委員、市会議員の面接を受け、採用されるまで五日間かかった。ようやく採用が決まると、家族の理解と協力、事前研修など準備に追われた。

この研修は、女性が見聞を広め意識の高揚を図り、帰国後は各地域で貢献することを目的とした、県主催の海外研修。名誉団長は県知事。

義母は張り切って、当日県庁まで見送ってくれるのはいいけれど、着物の襦袢(じゅばん)の半襟を「これがいいか、あれがいいか」と迷い、出発の朝まで続く。娘が、

「おばあちゃんが外国へ行くんじゃないよ」

「わかっとる。だけど、佳子さんに恥をかかせられんから」

と言って、半襟ばかりか、着物まで選び出した。半襟も付け替えるのは三度目。

義母は、着物を自分で洗い張りをし、自分で縫い、着付けることを生涯通した。裁縫も教えていた。

夫は、

「母さん、いい加減にしとかれよ。見送りに行くだけだろ」

と言うと、

「あんたは黙っとらっしゃい」

というわけで賑やかなこと。

当の佳子は、毎日事前研修からあらゆる専門家の講義など、こんなに覚えられようかと

思うほど、学びを深めていた。いよいよ日が迫ってくると、班別行動から健康管理に至るまで、行く前から疲れ果ててしまいそうだった。

さて、三ヶ月間もの宿泊も伴う事前研修がようやく終わり、ホッとしていた。

出発の前夜、何や彼やで話が尽きない中、急に義母が佳子に指輪をくれると言う。

「何で今頃？」

といぶかしく思っていたところ、

「この指輪をはめていれば、もし飛行機が落ちて、探しに行くことになった場合、指輪が目印ですぐ探し当てられるから」

と、ルビーとサファイヤの指輪を二つ、つけさせてくれた。ちっとも嬉しくない。夫と子どもを見ると愉快そうでもなく、苦笑しているだけ。義母は真顔である。

「ありがとうございます。万が一そうなった場合、お義母さん、真っ先に見つけてくださいませね」

と皮肉を込めて言うと、

「ええ、そうしられ。これであっかりした」

前日のこと故、時間が経つとだんだん腹立たしくなったが、結局当日は、しぶしぶ指輪を二つはめて発った。

アンカレッジで乗り換える時、友人たちにその話をすると大笑い。でも不吉なことだから、みんなは、

「いやーね、前日にそんなこと言われると。貴女の所のお姑さん、まさか真剣にそう思っとられるんじゃないでしょうね」

「ううん、だって現に新しい指輪を二つ重ねて、私によこされたもの。本当にそう思われたんじゃないかしら？」

「お姑さん、正直な人ね。憎めない人よね。それで貴女どうしたの？　その指輪」

「これよ、これ」

といって、佳子は手を出して、見せた。

「あら、綺麗じゃない」

「理由はともあれ、もらえて良かったじゃないの」

「ああ、おかしい」

「でも飛行機が落ちたら、ということなんて考えてもみなかったわ。腹立たしいったらありゃしない。そうでしょ？」

「それだけ貴女のお姑さん、貴女のことでいっぱいなのよ。無事で帰って来て、なんて月並みなことが言えず極端な言い回しをされたけれど、要は心配なのよ」

「血液型、何型？」

「O型よ」

「横柄のO型ね」

みんな笑っていた。

（三）ドイツのホーゲス家での三日間

佳子がホームステイすることを受け入れてくださったホーゲス家のご夫妻と一緒に、その家へ向かった。

長男夫婦は、別の所で医者をしているということで、その夜は長男のお嫁さんが私の相手をするためにわざわざ来てくださった。

彼女は、若い頃に一度日本へ来たことがあるので、話が弾んだ。

京都へ行ってその後、富士山へ登る予定ではあったけれど、生憎登る季節ではなかったし、登るためには何がしかの準備品も買わなければならない。それも面倒で、結局三泊とも京都に泊まったらしい。

二泊は京都駅の近くのホテルだったけれど一泊は老舗旅館だったとのこと。

「えー？　どこの旅館だろう。私もよく京都へ行くし、大抵はわかるはずなのに」

と言うと、

「多分ご存じよ。だって京都のガイドブックには、必ず掲載されていますもの」

「ああ、わかったわ、そうだったの。その旅館でしたらよくしてくださったのでしょう？」

「ええ、それはもう。荷物になるかもしれないから……と言って小さな袋菓子から、なるべく壊れないものを、ということで、綺麗な布巾を何枚かくださったわ。何にでも使えるので、とても嬉しかったのよ。ハンカチ代わりにもなるし、布巾にもいろいろあるってことがわかったの。私の国では余り布巾にこだわる習慣がないから、驚くと同時に、なんて素敵な贈り物でしょう！　と嬉しくて感動したわ」

「それは良かったわね。私が京都へ行く時は必ず泊まる所なのよ」

と言って、お嫁さんを交えてしばらくは京都の話で弾んだ。

　さて、ホーゲス家ご夫婦は、私の家庭に興味があるらしくいろいろ質問攻めに遭った。ご主人は教会へお勤めだそうだ。私の家が寺院だと言うと、

「こちらで言えば、教会の牧師さんね」

　違っているけれど、半分当たっているかな。

　ネッカー川が流れる古城と大学の街。ハイデルベルグは、日本の古都を思わせる格式がある街である。

　翌日私は、ホーゲス夫妻とともに教会へ行った。道行く人もみな教会に向かっている。時々チラッと私を見て「誰方（どなた）？」と聞いていたようだ。

「日本のご婦人、佳子さん。お預かりしているの」

　親しみを込めて、

「そう、ようこそ」

　と言って通り過ぎた。

　教会へ入ると皆、ヴェールを被って敬虔（けいけん）な祈りを捧げていた。佳子も大判のハンカチを被って、その通りに真似た。

　真正面にキリストが十字架に架せられた像がある。これはカトリックの教会であると、

咄嗟に思った。それは、東京にいた頃、やよいさんが通っていた吉祥寺の教会と全く同じだったから。

十六世紀、宗教戦争があってカトリックとプロテスタントに分かれたのだ。

帰路、奥さんの買い物に同行した。そこはソーセージの山。部屋中がソーセージで埋め尽くされ、圧倒された。

「驚いた？　専門店では、ソーセージしか置いてないのよ」

と言われ、それぞれが独立したお店なんだ、と思った。

次に隣の肉屋さんに寄った。が、ここも大きな肉の塊が多く吊るしてあった。

翌朝、パンを焼くいい匂いで目が覚めた。朝食は、パンとスープとオムレツ、コーヒーとごく当たり前の食事であった。奥さんが、

「台所のものを見たいでしょ？　何処でも自由に見ていいわよ」

と許してくださったので引き出しを開けると、マイセンの食器がぎっしりと詰まっていた。思わず、

「マイセンだ！」

と感嘆の声をあげた。所狭しと並んでいる食器類に目を奪われた。

「マイセンがいっぱいあるけれど、ご趣味なんですか？」

と聞くと、

「ご存じなのね。趣味もあるけれど、器は殆どマイセンなの。ドイツのごく一般的な家庭、平均的な家庭ではね。ドイツを代表する商品だから大きな置き物でない限り、特に食器類はマイセンね」

「私も好きで、小さな花瓶を一つ持っています」

「そう、持っていらっしゃるの。大事にしてね」

という訳で、マイセンのいわれや、奥さんがマイセンを揃えられた話など、細かく聞かされた。

夕飯時、私が驚いたのは先ほど買った肉を料理してくださったのだけれど、これが至ってシンプルで、手早いこと。

勿論、ご主人も手伝ってくださった。

奥さんは、二十センチ四方の肉に熱湯をかけ、それをレンジで焼いて熱々を食卓に載せられた。あとはスープと野菜、果物で朝食と同じく簡単なものだった。しかし、私が更に驚いたのは、香辛料の多さだった。それらを自由に取って好みの味にしていただく、というもの。

私は奥さんが取り分けてくださった肉を頬張った。

香辛料は、屋上に菜園があり、そこから新鮮なものをその都度採ってきて使う。屋上に上がってみて息を呑んだ。ありとあらゆる食材が植えられていて、こんなに使うのか！と思うほどである。中央に細い通路があって、それぞれの野菜の場所へ自由に行ける。塀の高さは五メートル程。床面積は建物の階下と同じ位だと思う。主にハーブ類が多くて、名前の知らないものが沢山あった。太陽はまともに降り注ぐ。


佳子は帰国後、しばしば夕飯にホーゲス家の食卓メニューを取り入れた。しばらくは、ドイツでの環境から抜け出すのは困難だと思った。ホーゲス家を思い出しながら暮らすこと二週間、それほど印象が強かった。

ホーゲス家を見ただけでドイツの全てを理解した訳ではないし、それが一般的だという評価でもない。しかし、佳子は見習いたい家庭として充分だと思った。

ゲストが居ようが居まいが、ありのままの家庭を見せてくださった。二泊三日くらいの滞在では何もわからないかもしれないが、大まかなことを言えば、時には警戒心がないのかと思うほど、大らかであった。

特に奥さんは、親戚の子を預かるように、あちらこちらへ連れて行ってくださった。とは言え、観光地や名所ではなく、近くの公園や、お店である。お店には、綺麗な洋服がいっぱいある。

「わあー、綺麗！」

と言うと、奥さんは店員さんに、

「あれ出して」

と言った。店員さんは、ニコニコしながら「これですね」と、美しいブラウスを持ってきてくれた。

「私からのプレゼント。似合うといいけれど、どうかしら？」

県からは、「ホスト家庭には、きちんとお礼は支払われている。また、土産をいただいてこないように。但し負担にならない程度の土産物は自由である」という達しが出ていた。

「素敵、何て綺麗なブラウスなのでしょう。本当によろしいのですか？」

「気に入っていただけて私も嬉しいわ。良かった、良かった！」

「ありがとうございます。お世話になったうえ、このような素敵なミモザの刺繍のブラウスをプレゼントしていただけるなんて。夢みたい！」

「いいえ、貴女が気に入ったからよ」

というわけでお店の人に、

「ありがとう、またね」

「ようこそ、またどうぞ」

と挨拶した。

翌日、ホーゲス家をお暇した。

とても貴重な経験だった。如何に家事を手早く、しかも美しいものを作るかがわかる気がした。家事の簡素化と心掛け。それでいて家族が満足するもの。やはりそれは、奥さんの手腕にかかっていた。料理にしても、手間はかかっていないけれど、簡単で、しかも一緒に作るということは何よりも楽しい。

私のようにドイツ語はおろか、英語ですら片言なのに、である。それでも奥さんは、

「貴女の仰りたいこと、充分伝わっているわよ。だから、もっともっと堂々と何でも試してみたら？　きっと自信もつくわ」

と言ってくださった。

ホントかな？　と思いつつ、でも、時間とともに話す回数も増えてきたし、できるとかできないとか、を意識しなくなった。

ホームステイを受け入れたことは数多くあっても、自らホームステイしたのは初めてであった。と言うのは、よく義母は、

「客人を迎えると家が綺麗になる」

と、留学生や、義母の友人から夫や子どもの友人まで、客を呼ぶことが多かったからだ。

（四）やよいさんとの再会

研修旅行に行く前、県の方から訪問先に現地在住の知人がいないかを質問され、事前に連絡をとってパーティーに招待してくれた。

「やよいさん！」

「佳子さん！」

何と懐かしく嬉しい響きだったことだろう。

それは二十七年ぶりに抱き合って喜んだ友、やよいさんとの喜びの再会の一瞬だった。どんな再会をするだろう。手紙の交換もあって、意思の疎通は充分であったかどうか不安はないのだけれど、異国人となった彼女の変わりようは、はかり知れない、と思っていたが杞憂だった。尽きない話の端々にかつて共に過ごした日々そのままに、実に屈託のないものだった。

「太った、太ったと言うから、コロコロのおばさんを想像していたのに、そうでもないじゃないの」

と笑う彼女に、思わず自分の体を眺め直してしまった。

もはや異国の人と思っていた彼女の国での再会など、夢のまた夢だったのに、今こうして相対している。

ドイツに渡って二十七年余り。学業を終えて医師と結婚し、さまざまな葛藤のなかで二人の子どもの教育にも、断固たる信念を持って「ドイツ」を教え込んだやよいさん。紛れもなくドイツ婦人だった。

「子どもたちもそれぞれの道を歩き始めたから、これからは私の人生を歩き始めようと思うの」

今春からアーティストとして独り立ちしたと言う彼女。柔らかな笑みの中にある強い意志と信念。今彼女との数時間を憩う時、幸せであって欲しい。そう願わずにはいられなかった。

お互い国は異なっていても、また思考が異なっていても、会った瞬間はやはりあの東京時代のままであったことが、何よりも嬉しかった。

彼女は、自分のデザイン事務所に勤務しているので、同行させてもらったのだが、佳子の見知っている彼女と職場での彼女は全く変わっていた。テキパキというより、冷たく怖い感じで、佳子に対してもドライで、応対の差が激しかった。そうしなければならないほど、彼女の中であらゆることを律することができないのであろうか。私的な部分と、公的に事務所を構えることとは同じであってはならない。ということなのかもしれない。事務所には女性が一人雇われていた。

彼女がビジネスとして成功をおさめているのは、学生時代、東京でスカートに模様を描いたり、缶詰のレッテルのデザインをしたり、という経験が根底にあるように思えた。現に彼女に、

「事務所を構えるなんて偉いわ。どこにそんなエネルギーがあるのかしら？　頭を割って

中を調べたいものだわ」

と言うと、

「貴女の言ったとおり、スカートの裾に絵を描いたり、缶詰のレッテルのデザインを考案したり、すべての始まりは、そこなのよ」

と答えた。

そして、

デザイン事務所を設立するにあたり、はてさて何処から始めようか、と考えた時に真っ先に浮かんだのは、つましかったけれど楽しかった東京での共同生活だったと言う。

「私のすることを、時には感激して褒めてくれたじゃないの。そのことがいつも心の片隅にあって、『いつかはきっと』と思っていたのよ。特に貴女が嬉しそうに、心から喜んでくれた時のことを……。邪気のない顔で、満面の笑みで喜んでくれた。人は他人のことをこんなふうに喜ぶこともあるんだ、と思うと俄然勇気が出たのよ。大きな支えだったわ。わかる？」

「私も少しは役に立ったのね！」

「大いにね。いろいろあたりをつけて調べたけれど、きっかけは貴女。それに貴女って喜怒哀楽が激しいでしょ。それが逆にプラスに働いたのよ。

佳子さんは、貴女自身が興味がないことや、どうでもよいと思っていることには、実にはっきりつまらなさそうな顔をするのよね。ホントにわかりやすく、正直な人ね。ポーカーフェイスができない人なのよ。だから私、貴女に助けられたのよ」

「でもね、やよいさん。私、貴女のように綿密に頭の中で回転させることが苦手なのよ。だから単純に、見たまま感じるままに貴女に言ってしまったんだわ」

「佳子さん、貴女のそれはある人にとっては良いこと。いわゆる日本語で言えば美徳なのでしょうね。でも、ある人にとっては利用しやすいわよ。そのへんは、気をつけた方が良いわよ。どちらかと言うと、貴女は損をするタイプよ。利用されやすいと思うわ」

「やよいさん、それはないわよ」

「今だから言うけど、利用されないためにも気を許して多くを喋らないことね。親しくない人には特にね」

「ええ。わかったわ」

佳子は余り納得していないけれど、言われてみれば確かにそうかもしれないと思った。やっぱりやよいさんだな。二十七年以上経っても、短所を覚えてくれている。嬉しいような、ちょっと口惜しいような複雑な気持ちでいた。

やよいさんは、

「今日の晩七時に一緒に夕飯を食べましょうよ。この事務所まで来て」

と誘ってくれた。

「えっ、いいの？　忙しい貴女に無理させられないわ」

「ほらね。貴女は人に対して遠慮深くて細かな気を遣うのに、自分のこととなると、どうでも良くて相手の立場ばかり考えてる。私、もう少し仕事の段取りをするから、七時にまた、ここへ来てね」

「じゃあ、また後でね」

夜七時に約束どおり事務所へ行くと、彼女も帰り支度をしていて、丁度良かった。

歩いて七分ぐらいの場所にお店はあった。

「私、よく仕事帰りに夕食を食べに来るの」

店内は、小綺麗でしっとりと落ち着いた印象を受けた。

「今晩は。二人席、取ってある？」

「勿論。いらっしゃい」

「私の親友で、日本から来たの。ドイツらしい美味しいものを作って。ワインも一緒にお願いね」

ドイツらしいもの。型の違うソーセージが山のように積まれていた。こんなに沢山の種類があるのかとビックリ。形も色も、大きさもさまざまで、思わず嬉しくなってつい頬が緩んだ。

「貴女は白、赤？」

「私は赤をいただきたい」

「ようこそドイツへ。再会に乾杯！」

「やよいさん、以前はほとんど飲めなかったのに、大丈夫なの？」

「たくさんは飲めないけれど、一、二杯ならね」

もっぱら東京時代のことを懐かしむ。それだけだ。二十七年ぶりに会った友といえども、結局はそういうことに尽きる。ただ、お互いを思いやるという点では今も変わらない。懐かしいけれど、遠い存在。何や彼やと言いながらでも、友とは有り難いもので、お互いを気遣い、幸せを願う気持ちだけは強いと感じた。ただ……それだけだ。

地域の話や友人の話をするわけでもなく、全くの空白状態である。そこの所は心得たもので、自分の日常を話そうとも思わない。空白部分を通り越して、元気だったという一言に尽きる。

まだまだ話が尽きないと思ったのに、いざ話してみると、取り留めのないことばかりで時間だけが過ぎてゆく。

「今回はこれでもう会えないと思うけれど、元気でいてね。いろいろ楽しいことをありがとう。もし、日本へ来ることがあったら、ぜひ家へ寄ってね、必ずよ」

(五) 分断された二つの都市、ベルリン

分断された都市、ベルリンは、一九六一年八月十二日~十八日にかけて東ドイツ政府によって、コンクリートの壁が造られた。そして、東西ベルリンの壁。その壁は、全長百五十六キロメートルにも及んだ。

西ベルリンは政治及び文化活動の中心であり、創造的なドイツ最大の国際都市である。

戦後西側連国三国(米・英・仏)管理下の西ベルリン。森の緑と、赤茶と白の建造物の

調和が美しい。

ビスマルク通りを抜け、弾痕の跡が生々しい国会議事堂や、百年前に創建された勝利の塔（戦勝記念塔）を見学する。

かつての栄光を誇ったブランデンブルクの門は、厳重に管理されていて自由に出入りすることはできない。

東ドイツによって建てられた東西門の壁は高さ四メートル、幅五十センチ～百メートルごとに三重四重になっていて、その威圧感に圧倒された。その壁の前には、越境して射殺された人たちの十字架が並んでいた。訪れた人々はその霊を慰め、静かに平和への尊さを心に刻み込んだのだ。

西ベルリンから東ベルリンを眺めるのに、二メートル四方程の見張り台があり、観光客はこの見張り台から代わる代わる対岸の東ドイツを眺めた。

見張り台からは、すぐ前にあるシュプレー川が一望できる。泳いで渡った人たちがホッとしたのも束の間、あっけなく撃たれてしまう。その胸中を思うと、同じ人間のすることとは到底思えない悲しい気持ちを、どうすることもできなかった。

見張り台は二百九十三箇所もある。ベルリンを二つに分かつ壁の長さは名古屋から富山までの距離、百七十キロメートルと同じ程である。

西側の一部の人は、この壁のことを「恥辱の壁」と呼んでいたようだ。チャーリー検問所での厳しいチェックを受け、旧ソ連の占領下にある東ベルリンへ向かう。街並みは閑散としており、歴史的建造物や博物館だけが目を引く。

私たちのバスの中へは兵士二人が入って来て、パスポートを提示させ、そのナンバーを言わせられた。

そして、東西ベルリンの越境では、東ベルリンの人にも同じことを要求された。最後に東ベルリン側の兵士が、バス幅程の鏡をバスの車体の下に入れた。それればかりか、兵士二人がバスの下に潜り込み、誰か潜んでいないか入念に調べている。そうまでされて東ベルリンへ入ったが、添乗員から、

「カメラはバスに置いて行く。私語はしないように」

と強く言われた。

建造物は見せてもらったが、柵がしてあってそこから先へは行けない。よくあることだが二メートル以上も離れていた。誰かが手洗いへ行きたいと言ったら、女性兵士が二人ついて行った。

そのうちカフェへ案内された。私たち外国人は二百五十円、東ドイツ人は百円だった。差別を感じた。

そのくせ見学場所ではごく当たり前に見学ができた。多分、県の事業で行っている団体旅行なので、一旦検問を通過してしまえば、いたって寛大なのかもしれない。想像以上にたやすく見学ができた。

国は違っても全く受け入れられない者と受け入れられる者。それは、明らかに幼少の頃、米兵の駐屯地で見た光景と重なった。あの時目にした米兵の戦争に勝った国という傲り。ここで見た事柄も、閉鎖的で異邦人はお断りという、一歩優位に立ちはだかっている東ベルリンの兵士、という印象を受けた。

今、世界のあらゆる国で、ありとあらゆる差別が横行しているのを見聞きして、我が国のことも考える。よくよく見れば、我が国も例外ではない。差別ばかりである。が、ヴェールに包んで目立たなくしているだけかもしれない。差別など永久になくなりはしない。

その夜、国外へ出て初めて日本料理店で食事をとった。共産圏での重々しい空気が一変して、賑やかな雰囲気に戻った。先程までのやるせない空気を吹き飛ばすかのように、みんなはしゃいでいた（はしゃいで見せていただけかもしれないが）。

それでもなお、佳子は東ベルリンに思いを馳せていた。東ベルリンで十字架を見た時の思いが交錯して、時として箸が止まることもあった。

ホテルへ戻った後も、佳子はずっと引きずっていた。それだけ衝撃が強かった。

西ベルリンの市民は、全てが揃っていて何不自由なく暮らしているように見える。しかし一方で、偶然東ベルリンに行っていた家族が、国境を境にして引き裂かれてしまう。どんなに嘆き悲しんだとしても、どうすることもできない。

そんな時、人は誰に怒りをぶつけたのだろう。ただじっと耐えて耐えて、忘れたかのように、静かに鳴りを潜めて暮らしているのだろうか。きっと胸中は、今も分断された時の思いでいっぱいであろう。

人は忘れることができるから、明日への希望を持って生きていける。確かにそうかもしれない。しかし、引き裂かれた家族への思いは如何許(いかばか)りであろうか。ほんの数時間留まった私でさえ、胸が痛んだのだから。

突然分断を強いられた市民にとって、どんなメリットがあったというのか……。それぞれの政治的メリットはあったかもしれない。いつの場合も善良な市民が犠牲になるのは同じだと思うと、やるせなかった。

（六）婦人議会

佳子たちが訪問したのは、ドイツ、イギリス、フランスの三ヶ国。

国際婦人年の最終年で、世間では女性の地位向上が言われ始めていた。

佳子が住む市でも婦人議会が始まり、市議会と同じように、議題を提出し、同じように議会で発表し、その取り組みは市議会議員さんをたじたじとさせた。

実際、婦人議会の議員になってみて、何と問題が多かろうかと思ったほど。真剣に取り組めば取り組む程、ますます議題が増えてきて収拾がつかなくなる。

今迄、議会というと男性目線ばかりだったのが、女性目線が入ると、日常生活のありとあらゆる部分で細やかな、これまでになかった視点が生まれる。惰性でこんなものだろうとおざなりにされていた議員報告も、襟を正して少しは問題提起に奔走するようになったと聞く。

国際婦人年の最終年であることに加えて、県では各市町村の婦人に、外国の婦人たちがどのようにして、この先生きていけば良いかを学ばせたいと考えていた。先進国では、そういった模索が年齢を重ねるとともに行われることが活発になってきていたので、参考にすべく、研修箇所には長くご存命のご婦人方がいらっしゃる老人施設が多く組み込まれていた。

佳子は、主としてドイツでの視察に重点を置いたが、イギリスやフランスでも、心惹かれる箇所は多々あった。イギリスで印象深かった所をいくつか挙げてみる。

ロンドン市庁舎は、新しく移築されるとかで、慌ただしい中にも物珍しさもあり、それなりに感心した。

有名建造物ばかりの見学ではあったけれど、百年も続いた市議会も、その年の七月ロンドン塔廃止法案が英国上院で可決成立し、翌春三月には解散されることになっている旨、説明を受けた。「二年後に選挙があり、我が労働党は再び活動することを祈っている」とのことだった（結局、次の選挙で労働党が復活し、ロンドン塔は現在も健在だ）。

そのほか、大ロンドン婦人委員会、女性セラピーセンター、デンマン・カレッジなど。

デンマン・カレッジは、一九四八年に設立され、オックスフォード郊外の田園風景の中にあり、広い敷地と樹木の調和が素晴らしかった。協会員であれば、当時は、十六歳〜九十二歳までの人が誰でも自由に入ることができ、人種や宗教的な差別が全くなく学べる環境だと教わった。

ここでは老婦人たちが、ボビンレース編みをしていた。その収益金は、この施設の運営に関わってくるとのことで、みんなとても真剣であった。老婦人一人ひとりの活動が直接反映され役立っていることに、生き甲斐を見出しているように感じられた。彼女たちの生き生きとした表情が印象的で、年齢を感じさせないことが素敵だった。

帰国後、あらゆる機関の催しが目白押しであった。

日本の独立行政法人国立女性教育会館は、研修で訪問したデンマン・カレッジをモデルに、一九七七年に設立された施設で、男女共同参画社会の実現に向けた女性教育を行っている。佳子は帰国後直ぐ、県からの派遣で研修に参加した。造りはイギリスのデンマン・カレッジと全く同じと言っていいほどで、組み込まれている内容も似ていた。三日間みっちり研修をして、後日その成果の発表もした。ことある度に発表する機会が増えた。

この海外研修で、佳子自身が一番変わったのだ、と思った。特に意識が変わった。外国へ出てみるとよくわかる。言葉が通じなくてもどかしい思いをしたことは、一度や二度ではなかった。それでも五感を使って意思を伝えたいと試みた。

何しろ一九八五年、国際婦人年の最終年であることが、すべてにおいて有利に働いた。

市町村や各種団体は、こぞって新しいことに取り組み始めた。新しければ良いというものではないにしても、少しずつ動いたのは事実である。

こうして、社会全体が少しずつ変わることで、次第に意識改革がなされ、だんだん普通のことになっていく。それがやはり大きい。

このことをきっかけに、佳子の家でも何かが変わってきた。不思議なのだけれど、佳子は義母との折り合いも、これまでのようにギクシャクしたものではなく、一応佳子の意見も受け入れてもらえるようになった。また、佳子も言葉を選ばなくなった。ありのままに言葉を発するようになった。このことは、生活を共にする上でかなり改善されたことの一つで、以前とは比較にならない程である。

佳子が変わることで、子どももはっきりものを言うようになったし、義妹のみち子も、伏し目がちではなく堂々と言うようになった。「終始ニコニコとして」誰もが明るく、顔を上げて会話する。このことが一番大きく変わったことだと思う。今後生活していくためには極めて大切なことだ。

家族の何気ない会話。その中に人間性から育ちなど、あらゆることが発せられているとすれば、家族の一言は日常生活としてとても重要な役割である。会話は、家族を円満にするしないをも左右する。

ことば、いつも普通に使っていることば、その効用は何と大きいことか。言葉を大切にしながら語彙をもっと増やしていきたいと思う。日々、大いに反省もし、生活も少しずつ変化していく中で、今後まだまだ進化し続けていくことも沢山あると思えた。

ドイツの景色

ソーセージ店

東西ベルリンの壁

ベルリンの壁　十字架

ロンドン市庁舎内

ロンドン塔

デンマン・カレッジ

あとがき

作品を最後までお読みいただき、ありがとうございました。

人はたくさんの思い出の中で生きています。私もこの長い人生で、たくさんの喜びや悲しみがありましたが、それが人生の豊かさに繋がっていると信じて、自分の経験で小説を書いてみようと思いました。

「義妹　みち子」は、二〇二一年にずっと書きたいと思っていた義妹（本名みち代）との日々を書きました。

「トマーレ」は、二〇二〇年に私が七歳の時に体験した戦争での出来事をテーマに書きました。当時終戦七十五年の年でした。土手で親を亡くした子どもたちと出会ったこと、またアメリカ兵によって銃口を額に当てられたこと、今も私の目に焼き付いて離れません。

「邂逅」は二〇二二年に海外研修でヨーロッパの文化に触れた時のことを振り返りながら、

親友との出会いと再会を描きました。大学時代のルームメイトであった親友は、東京藝大のデザイン科に入学した年にドイツへ留学し、永住しました。共に過ごした期間は短かったけれど、私にとっては得難く貴重な経験をさせてもらいました。

最後に、出版にあたって装画を描いてくれた娘に感謝して、筆をおきます。

二〇二三年三月

宮原 和美

この作品は、著者の経験を元に書かれていますが、小説として描くにあたっては、実際と異なる設定にしたり、創作を加えたりしたところもあります。

実在の個人・団体とは一切関係ありません。

著者プロフィール
宮原 和美（みやはら かずみ）
1938年、富山県生まれ・在住。

慈愛の風

2023年5月15日　初版第1刷発行

著　者　宮原 和美
発行者　瓜谷 綱延
発行所　株式会社文芸社
〒160-0022　東京都新宿区新宿1－10－1
電話　03-5369-3060（代表）
03-5369-2299（販売）

印刷所　株式会社フクイン

ISBN978-4-286-30070-2